www.ingramcontent.com/pod-product-compliance
Lightning Source LLC
LaVergne TN
LVHW091106150826
845673LV00002B/735

أَنِين السلسبيل

بطاقة الكتاب:

اسم الكتاب: أَنِين السلسبيل

اسم الكاتب: منى الكاشوري

نوع الكتاب: رواية

عدد الصفحــات: 120 صفحة

المقاس: 20 x14

رقم إيداع: 2024/5318

الترقيم الدولي: 978-977-87412-6-1

الطبعة: الأولى، 2024م

رئيس مجلس الإدارة

مها المقداد

للتواصل والطلب من داخل أو خارج مصر:

00201129195867-00201033966291

الغلاف والتنسيق الداخلي والمراجعة

فريق دار المصرية السودانية الإماراتية للنشر والتوزيع

فريق عمل

دار المصرية السودانية الإماراتية للنشر والتوزيع

فريق عمل

سحر الروايات - ShrElRawayat

تصميم الغلاف: فاطمة مصطفى

التنسيق الداخلي: مريم محمد سيد

دار المصرية السودانية الإماراتية للنشر والتوزيع-مها المقداد

+201289024055

Mahaelmukdad@gmail.com

رواية

أَنِين السلسبيل

منى الكاشوري

إهداء

إلي أبي الراحل " الشحات أحمد الكاشوري"

الّذي لا يزال وجع فراقه الطازج ينخر القلب وجعًا. إهداء للغالية الراحلة أمي فلتتنعم روحيكُما بالفردوس الأعلى..إهداء لأشقائي الأربع الحصن الّذي لا يخذلني وإلى زوجي الحبيب داعمي وسندي.

أدامكم الله نعمة في حياتي.

مقدمة

حين يصلك أَنِين السلسبيل وتفيضُ بينَ ثنايا الحلم دموعه أعلم أنها نبوءة أحذر أن تتجاهل تأويلها.

الفصل الأول

تهادت تزحف بخطوات رقيقة، كأنها فراشة تحلق بين البراعم بمرح، قامتها القصيرة عاقت وصولها لمقبض باب غرفة أبيها الغافي، فشبت قليلًا على أصابع قدميها الصغيرة لتطاله، نجحت أخيراً بدخول غرفته مقتربة من فراشه تطبع على خده قبلة ناعمة، فتململ دون وعي ولوح بيديه بضجر كأنه يزيح ذبابة تطارد وجهه، كتمت الصغيرة ضحكتها لفعلته، وابتعدت متسلقة مقعد صغير لتُشرع الستائر وتفتح ضلفتي النافذة، غمر ضوء الشمس وجه أبيها الذي صاح بفزع:

- انتبهي سيلا.

التفتت إليه تبتسم هابطة من فوق المقعد تجري عليه فتلقفها بصدره بعد أن اعتدل يعاتبها برفق:

_ ألم أحذرك ألا تقربي النافذة كي لا تسقطي؟

غردت بصوتها الرقيق تطمئنه:

-لا تخف أبي..ثم استعرضت قوة ذراعها بفخر طفولي:

-سيلا قوية ولن تسقط أبدًا.

أستدر فخرها ابتسامته الحانية وبرقت عيناه:

-ومع هذا أنصتي لما أقوله وإلا غضبت منكِ.

مالت تطبع بثغرها الرقيق قبلة لتراضية:

-لا تغضب أبي، لن أفعلها ثانيًا.

ضمها بتكاسل ولا يزال إدراكه ناقصًا، تبين بطرف عينه الوقت بساعة الجدار المقابل ليصيح معترضًا:

-كم انتِ مزعجة سيلا، أيقظتيني مبكرًا واليوم عطلة.

_ جائعة أبي.

رق قلبه لقولها وقال بحنان:

- حسنًا أميرتي سأصنع لكِ إفطارًا شهيًا، لكن عديني أن تتركيني أغفوا قليلًا قبل صلاة الجمعة، وأعدك بالمقابل أن أصحبك بجولة رائعة نلهو معًا لأخر اليوم، اتفقنا؟

قفزفت بمرح بين ذراعيه تهلل:

- أتفقنا..واستطردت تستعرض ما تود فعله: -سوف أقوم بتصوير كل مكان نذهب إليه ونرسله للعمة.

ابتسم موافقًا رغبتها:

- أفعلي ما يحلو لكِ، اليوم أنا رهن إشارة أميرتي الصغيرة.

قالها وهو يعتدل بجلسته على طرف الفراش لتتسلق ظهره ويحملها فوق كتفيه تطوق عنقه بقدميها الصغيرة، وضحكتها تصدح في الأرجاء تملأ قلبه سعادة، يدور بها كما تحب ويشاركها الضحك قبل أن يخبرها وهو يضعها بحذر فوق الأريكة:

-أنتظريني هنا حتى أغتسل وأصلي ثم أعد الطعام.

أطاعته ومكثت بهدوء تتابع باهتمام فيلم كرتوني.

عاد بعد وقت قصير معدًا لهلا وجبة خفيفة، دست الصغيرة الطعام بفيّها حتى انتفخ خديها وهي تقول بعفوية تذيب قلبه:

- أحبُ طعام أبي.

أمسك كفها الصغير ولثمه:

- أما أنا أحبكِ أنتِ، وأموت بكِ يا قلب أبيكِ.

توقفت الصغيرة عند قوله بتفكّر لا يناسب الموقف لتطرح أفكارها ببراءة:

- كيف تحبني وتموت بي أبي؟ أليس الموت هو من أبعد أمي عنا؟ لتتمسك بكفه كأنها تبثه مخاوفها:

-لا تفعلها أبي وتتركني مثلما فعلت أمي، لا تترك سيلا وحدها.

صدمه مسار أفكار صغيرة مثلها كل رصيدها من العمر أربعة أعوام ومع هذا يُدرك عقلها حقيقة أن الموت لصًا يسرق من نحب وينفي أجسادهم بقبور مظلمة، بينما تصعد أرواحهم لعنان السماء، رغم أنه لا يشعر أن زوجته غائبة ولا تزال الذكرى داخله طازجة

كأنها بالأمس، صوتها المتعب ذاك اليوم يتسرب إليه كأنها هنا معه فوق هذا الفراش تتألم بهمسها الواهن:

-متعبة بكر، أشعر أن ولادتي ستكون الليلة.

ربت على ظهرها مشفقًا عليها:

- لا أظن حبيبتي، الطبيب أخبرنا أن هناك أسبوع كامل لتبلغي شهرك الأخير، بعد سوف يقرر موعد ولادتك.

تجعد وجهها بألم:

- لا أدري هكذا أشعر.

ثم نظرت إليه وتسائلت كي تلهي عقلها عن الوجع الذي تزداد شراسته:

- ألم تقرر بعد أسم طفلتنا؟

ابتسم وهو يرفع عن وجهها خصلات شعرها النَدِيا بحنان:

- حين أبصرها أول مرة سوف أقرر أسمها.

حاولت الابتسام تحارب الوجع:

-أتدري بكر ماذا أريد فعله الآن؟

تحسس وجنتها برفق:

- ماذا حبيبتي؟

_ أريد تصوير فيديو للصغيرة، ربما تولد الليلة فيكون أخر ما أسجله لها قبل مجيئها للدنيا.

يُقدر هوسها بتسجيل كل تفاصيل حياتهم واختزالها بمقاطع مصورة، كأنها تغزل لهم عقودًا من الذكرايات صوت وصورة ليكون لديهم ما يكتنزونه في الكِبر، أعتدل بحماس وراح يساعدها ويضع لها وسادة خلف ظهرها، مهذبًا شعرها الناعم بمشّطها الخشبي، ثم أحاطها بنظرة محبة وقد بدت لعيناه فائقة الجمال بما يفوق كل يوم، مال يلثم شفتيها هامسًا:

-لولا أنكِ متعبة الليلة لكنتُ.

أزاحته بعيدًا تقول بدلال:

- إياك أن تتهور.

نظر لها بشوق وائدًا لهفته الطاغية داخله وكل ذرة به ترغبها كما لم يرغبها من قبل، لكنه اكتفى بتلثيم شفتيها ثم بدأ بتصويرها بينما هي تتحدث لصغيرتهما تتجاهل قدر استطاعتها طعنات الألم التي تتناوب عليها.

" طفلتي الرائعة وأعلم إنكِ كذلك لأنك ابنتي، لم يبقا إلا القليل وتأتي لتضيئي حياتنا بطلتك وتُطربينا بموائك الرقيق، أريدك أن تعلمي رغم معاناتي وألمي كنت سعيدة بكل لحظة حملتُك بأحشائي وكبرتي بها، وأعدك سوف نكون رفاقًا وليس فقط أم وابنتها"

صمتت تستجمع بعض قوتها والألم لا يهدأ لتخبرها بمرح أرادت أن تُظهره لزوجها الذي يتابعها بقلق وداخله شعور مبهم يخيفه.

"أنا وانتِ سنُشكل حزبًا ضد أبيكِ ونستغله كي يصنع لنا أفطار كل يوم" لتستطرد ترمقه بحنان " أعشق كل ما يصنعه لأجلي وأنتِ ستكوني مثلي تعشقينه".

منحها ابتسامته بينما تتحسس أسفل بطنها بألم قبل أن تواصل حديثها بابتسامة مجهدة ووجه بدأ الشحوب يزحف عليه " قلبي يخبرني حبيبتي أن الليلة ستكون ولادتك، لذا أريدك أن تعلمي أننا ننتظرك بلهفة صائم يتوق لعيد إفطاره، أنتِ مكافأة القدر لنا وهدية الرحمن فلتحفظكِ عنايته أينما كنتِ".

تفاقم وجع مخاضها بما تخطى حدود احتمالها فراحت توصيه بنفسه والصغيرة كأنها كانت تودع أحبائها، لم يدرك بكر حينها أنها ليلتها الأخيرة وأن أمر ربه نفذ بها وهي تلد ليفقد زوجته وحبيبته سلسبيل، بل فقد روحه فصار خاويًا بلا حياة وقد سُلبت مع أخر أنفاسها، تبخرت أماله بحياة. تجمع ثلاثتهم، وحين استوعب الفاجعة سأله أحدهم ماذا يسمي الطفلة، لم يفكر لحظة واحدة وهو يطلق عليها أسم والدتها، هذا إرثها حتى لا ينقطع ذكرها من لسانه وقلبه.

_ أبي لما لا تحدثني؟

أفاق بكر من شروده على صوت ابنته:

-عذرًا حبيبتي شردتُ قليلًا.

ثم عانقها بعاطفة شعّت من حنايا قلبه:

-حبيبتي لا أريدك أن تفكري بتلك الأشياء واعلمي جيدًا أن الموت حقيقة كما الحياة، كلتاهما تسير بإرادة الله..واسترسل يبثها أمانه:

- أما أنا فلن أتركك حتى يأذن الله بذلك، لا تخشي شيئًا بعد الأن.

ثم مازحها ليبدد أجواء حديثهما:

- هل تمنح صغيرتي عناق كبير لحبيبها بكر؟

أندفعت نحوه تعانقه ليداعب خصرها بلمسات أصابعه فتنتطلق ضحكاتها الرائعة، لتغمر السعادة قلبه من جديد، وتضوي روحه كأن الصغيرة سراجًا دونها كانت حياته مظلمة.

***

"متى تعودي من شهر السكر ياعمتي؟"

ضحكت سوسن وصورتها تنبعث من شاشة الهاتف عبر إحدي تطبيقات الاتصال المرئي: لا سكر غيرك انتِ سيلا، أسمه شهر العسل يا قلبُ العمة.

_ لا أحبُ العسل وأعشق السكر.

_ إذًا نغير أسمه لعيناكِ.

هكذا قال زوج عمتها الّذي احتل حيزًا من الشاشة جوار زوجته لتجيبه الصغيرة بمحبة:

- أشتقت لكَ كثيرًا مثل البحر عمي، متى تعود؟

بادلها محبتها الخالصة:

- بل انا من اشتقت لأميرتي الجميلة، قريبًا سوف نعود حبيبتي ومعنا لكِ هدايا رائعة ستروقك.

_ عذرًا للعروسان، ازعجناكما أنا وابنتي مبكرًا.

ابتسم كرم يخفف عن بكر حرجه:

- لا تقول هذا، ما أجمل صباح يبدأ بوجه سيلا.

دعمته سوسن بكلمات حانية تعبر عن حبها لابنة أخيها ليمنحهما بكر ابتسامة ممتنة قائلًا للصغيرة:

-يكفي هذا القدر سيلا ودعي العمة وزوجها ينعمان بوقتهما، ومساءًا نهاتفهم مرة أخرى.

صاحت سريعًا:

- دعني اخبرهم بشيء أولًا.

لتستطرد بمرح:

-سوف ارسل لكما صورنا اليوم وحذروا أين سوف نكون.

سوسن متظاهرة بالاهتمام:

- وإذا أصبنا التخمين، ماذا نحصل في المقابل؟

فردت الصغيرة ذراعيها تقول ببراءة:

-سوف امنحكما قبلات كثيرة حين تعودان من شهر السكر.

قهقه بكر:

- مكافأة مغرية يا شباب، حسنًا هكذا اتفقنا.

_ هل لي بطلب أبي؟

غمرها بنظرة حانية:

- أطلبي حبيبتي.

_ أود اصطحاب رفيقتي دينا بنزهة اليوم.

_ لا بأس، أستعدي انتِ وانتقي ثوب يروقك ريثما أستأذن أبيها لتذهب معنا.

هرولت تركض وهي تصيح عاليا:

-حسنًا أبي سوف أجهز سريعًا ولن اتأخر عليك.

شيعها بابتسامة دافئة ثم شرع بمهاتفة جاره.

***

لاحظ هدوءها الشارد بعد مكالمة شقيقها، ليدنوا ضامًا كتفيها بذراعه:

- ما بكِ حبيبتي؟

تنهدت بحزن:

- أشفق على بكر يا كرم، ولتْ أربعة أعوام وهو حبيس ذكرى زوجته الراحلة.

_ تعلمين كم كان يعشق سلسبيل.

اومأت بتفهم:

- أعلم ومع هذا أريده سعيدًا، لما لا يبدأ من جديد تجربة أخرى؟ أخي لا يزال شابًا ويستحق أن يحيا حياة طبيعية كسائر البشر.

_ المشكلة أن يتقبل بكر المبدأ.

_ يجب أن يفعل، وإلا ما حللتُ عن رأسه.

ابتسم لحميتها لأجل أخيها وجذبها ليلصقها به يمرر أنامله على وجهها بنظرات راغبة:

_لما لا نؤجل التفكير بهذا الأمر بعد عودتنا من شهر العسل؟

شعرت بالخجل لتطرقها لنقاش كهذا بأيام زواجهما الأولى فأسرعت تهتف برقة: _معك حق حبيبي، أنت الأهم الأن.

ابتسم وضم خصرها أكثر ثم نظر لشفتيها البراقة برغبة ليميل يلثمها فتتوهج مشاعرهما من جديد لينجرفا لعالمهما الوردي وكلًا يمنح صاحبه عاطفته بسخاء.

***

اصطحب صغيرته لفراشها ودثرها جواره بالغطاء وهي تتوسد صدره وعيناها الناعسة تشاهد والدتها وتسمع غنائها العذب عبر إحدي الفيديوهات، تأملتها لبرهة ثم تسائلت: _شعري طويل مثل أمي، أليس كذلك أبي؟

قبل جبينها:

_نعم حبيبتي، أنتِ تشبهي والدتك بكل شيء..رفعت وجهها البريء تنظر إليه بتساؤل لاح بعقلها:

_ هل ترانا أمي الأن كما نراها ونسمع صوتها؟

رمقها بشفقة قبل أن يجيبها:

_ نعم سيلا، والدتك ترانا وتشعر بنا، روحها ليست بعيدة عنا.

_ وهل الروح تُرى أبي؟

تنهد بشوق حزين:

_ليته كان كذلك، لكن الروح نشعر بها ولا نراها سيلا، مثل الهواء الذي يلفح شعرك، لا تبصريه لكنك تشعرين به، هكذا الروح حبيبتي تغزو دواخلنا كالنسمة.

تفهمت الصغيرة ما يقصد وعادت تتوسد صدره وتغمس رأسها به لتواصل ثرثرتها الفضولية لاكتشاف كل ما تجهله:

_أمي تنتظرنا في الجنة، أليس كذلك؟

_ نعم.

_ ومتى نلقاها؟ حين نموت؟

انزعجت ملامح بكر وانقبض صدره، يكره أن تذكر صغيرته الموت دائما، رغم إيمانه وتسليمه التام لله يعترف أن داخله يخاف فواجع القدر أن تفاجئه بما لا يحتمل، أحاط وجه ابنته براحتيه مع نبرته الخائفة:

_سيلا، لا تذكري الموت ثانيًا، والدتك جوارك حبيبتي، حين تشتاقيها فقط ادعي لها وسوف تزور أحلامك وتعانقك، ليس الموت وحده ما يقربنا إليها.

من جديد استوعبت مقصده وقالت:

_معك حق، هكذا أخبرتني العمة سوسن، كلما اشتقتك أمي جاءتني في أحلامي..ودون سبب عبرت الصغيرة عن مشاعره مانحة أبيها قبسًا من حبها الخالص وهي تمسك كفه تقبلها:

_أبي أنا أحبُك كثيرًا.

دسها أكثر بصدره متنسمًا عبقها يغمغم:

_أما أنتِ أنفاس صدري التي أحيا بها يا قلب أبيكِ.

قالها وأعاد تشغيل صوت والدتها يخبرها:

_كفى ثرثرة واستمعي لصوت والدتك ونامي حتى تزورك بأحلامك الليلة.

ولت كل حواسها لصوت الغالية وعيناها تتراخى بسطوة النُعاس ليغيب الصوت رويدًا عن مداركها، وأخر ما سمعته قبل أن تغط بنومها "تكبر قد ما تكبر، جوا القلب هتفضل زي الأول وأكتر"

ليغدو صوتها المنبعث وحده مؤنسه، كأنها تربت على قلبه وترسل له من برزخها همسات حنانها وعشقها الذي لا يموت، غمس بكر صغيرته بصدره وأغمض عيناه وهو يتخيلها هنا تقف بالقرب منهما، تنظر نحوهما بنظرتها الدافئة، ليغط هو الأخر بنومه وصورتها وشدّوها يحتلوا أخر ما تبقا من يقظته.

الفصل الثاني

بعد عام من زواجها اكتملت فرحتها هي وكرم بالحمل، ومع هذا بدت فرحتها ناقصة، كيف تهنأ وشقيقها لايزال يهدر أيام شبابه زاهدًا بالزواج، وكيف تتركه لعناده دون أن تحاول دون يأس حتى يستجيب؟ لتبرق عيناها بعزم أنها سوف تسعى لتحقيق هدفها مهما صدها.

_ أخبرني ما عيبُ تلك العروس بكر؟

أخبرها دون اهتمام:

_ لا عيب بها سوسن، المشكلة عندي أنا، لن أقبل بفكرة الزواج ثانيًا مهما فعلتي.

جادلته بعناد:

_ بكر، لا تُهدر المزيد من الفرص، الفتاة التي اختارتها لك رائعة بحق والأكثر أنها معجبة بك، ولديها رغبة حقيقية لتكون أمًا لسيلا.

_ جزاها الله خيرًا ورزقها من هو أفضل مني.

وقبل أن تسترسل تسائل بغرض تشتيتها:

_أخبريني بأي شهر أنتِ سوسن؟

تحسست بطنها المنتفخ:

_بالشهر السابع.

ضم كتفيها لتميل رأسها على كتفه وهو يقول بحنان:

_ما أسرع الايام، لازلت أتذكّرك وأنتِ طفلة شقية تلهو حولي، متى كبرتي حبيبتي؟

عانقته بمحبة:

_ما حرمني الله منك حبيبي، أنتَ بمثابة أبي وليس فقط أخي.

لثم رأسها:

_أنتظر طفلك بفارغ الصبر، حتى سيلا صارت تخبيء ألعابها لأجله كي تعطيها له حين يولد.

فاضت عيناها بمحبة طاغية ثم استغلت الأمر ليخدم غرضها:

_أعلم كم تشتاق سيلا لأشقاء، وهذا ما يجعلني ألح عليك بالزواج بكر لتنجب لها اخوة ولكَ سند وعزوة في الكِبر أخي.

ابتعد عنها حانقًا:

_لقد مللت من إلحاحك هذا سوسن، الأفضل أن أرحل بابنتي لأتفادى إزعاجك.

أسرعت توقفه برجاء:

_أنتظر بكر، حسنًا لن أتحدث معك اليوم بشأن هذا.

_ لا اليوم ولا غدًا، لقد سئمت سوسن.

ثم تملص منها غاضبًا:

_دعيني أرحل.

تعلقت بذراعه:

_لن يحدث، لمن إذًا صنعت الغداء الّذي تحبه أنت وسيلا؟ أهدأ وأعدك ألا أحدثك بشيء.

صمت ينظر لها قبل أن يهتف راجيًا:

_رجاءً سوسن لاتذكريه مرة أخرى.

هزت رأسها بالقبول عازمة أن تترك له مساحة من الوقت لتعاود بوقت أخر الطرق على رأسه، فلن يستقر لها حال قبل أن يتزوج أخيها وترى له صغارًا غير سيلا.

***

بدت الصغيرة متعجلة بقولها:

_هيا أبي اقترب مجيء حافلة المدرسة.

أقحم الشطائر والفاكهة داخل صندوق (اللانش بوكس)وهو يقول:

_ها قد انتهيت، وإياكِ أن تعودي بطعامك مثل الأمس، سوف أخاصمك.

_ حسنًا سوف اتناوله، أسرع تأخرت على رفاقي.

لكز رأسها برفق ساخرا:

_كأنك تأخرتي على الجامعة.

حمل عنها حقيبتها واستقلا المصعد ثم

أسكنها الحافلة واطمئن عليها ليصعد بعدها لمنزله يجلي الصحون المتسخة ومن ثَمَ يستعد هو الأخر للذهاب لعمله كمهندس بإحدي شركات البترول الكبرى.

جاءته البشرى أخر اليوم بولادة سوسن لطفلها الأول، فأسرع متلهفًا للمشفى لرؤيتها هي والصغير وسيلا تشاركه اللهفة لاستقبال أخٍ جديد لها بالعائلة.

_ مبارك سوسن انتِ وكرم ما رُزقتُما.

ثم شاكسهما:

_ طفلكما يشبني أكثر من أبيه.

رد مزحته كرم:

_أتدري ما يعنيه هذا؟ أن الهانم شقيقتك تحبك أكثر مني، لذا أقترح أن تستعيدها معك للبيت حين تتعافى.

بكر بمرح:

_أوافق بشدة أصطحابها معي من الأن، على الأقل أستحوذ وحدي على الصغير وأشبع منه.

سوسن بعتاب:

_هكذا كيمو تُفرط في بسهولة لأخي؟

أقترب متراجعًا وهو يشاكسها:

_وهل أستطع الأستغناء عنكِ يا قلب كيمو؟

_ أظن وجودي وسط تلك العاطفة الجياشة لا يصح، سوف أنسحب مع ابنتي كي لا نكون عزولًا.

قهقهت سوسن بحذر مراعاة لجُرحها وتسائلت:

_أين سيلا إذًا لا أراها.

_ عند الصغير تلتقط له بعض الصور والفيديوهات القصيرة، ليرهم حين يكبر ويعلم كيف كان شكله حين ولادته.

ثم ليستطرد ببعض الشجن:

_سيلا شغوفة بالتصوير مثل والدتها الراحلة.

تمتمت سوسن بالدعوات لها ليؤمن بكر وكرم خلف دعائها.

***

وقف يقطع الخضار فوق رخامة المطبخ ليُعد للصغيرة وجبة الغداء، فتسائلت وهي تتابعه:

_لماذا لا تزورنا العمة كثيرًا؟

_ لأن عبد الرحمن لا يزال صغيرًا ويشغلها، ألم نزورها بأخر كل أسبوع؟

_ نعم لكني أريد رؤيته كل يوم.

رفعها جواره على السطح الرخامي موضحًا:

لا يصح سيلا، للعمة حياتها ولا نريد إرباكها معنا.

تفهمت والتزمت الصمت تتابعه ليقرص خدها المكتنز برفق:

_صنعت لأميرتي الأرزّ باللّبن الّذي تحبه، سوف أضعه بالبرّاد لتتناوليه بعد الغداء.

بدت صامتة مما جعله يتسائل:

_بماذا تفكرين؟

تطلعت نحوه برهة لتبوح بخاطرها:

_أبي، لماذا ليس لي أشقاء مثل رفاقي أحبهم ويحبوني ونلعب معًا؟

توقف بكر عما يفعله ينظر لها بدهشة، منذ متى وعقل صغيرته ينشغل بأمر كهذا؟ هل تشعر بفراغًا لم يستطع سده رغم تفانيه بإسعادها؟ استعاد تركيزه وأخبرها:

_سيلا، أليس لديكِ الأن ابن العمة سوسن؟

_لكنه ليس أخي.

من جديد لجمه ردها وصمت شاردا، لم يتوقع أن يدور بينهما حديث كهذا، تذكر شقيقته وهي تخبره أن يتزوج لينجب أشقاء ليغدوا لها عزوة وسند، ألا يكفي هو ليكون كذلك؟

_ أبي أنا جعانة متى نأكل؟

انتبه لها وقال بحنان:

_ نضج الطعام حبيبتي سوف نأكل الأن، وبعد الغدا سوف أصنع لكِ حبوب الفيشار ونشاهد فيلم كارتون، ما رأيك؟

تحمست لفكرته:

_ موافقة، أريد فيلم سندريلا.

أومأ مؤيدًا يرص الصحون فوق طاولة صغيرة تتوسط المطبخ وشرعا بتناول الغداء.

راحت تبتلع حبات الفيشار وعيناها تحملق في الشاشة باهتمام، بدت متأثرة بالظلم الذي وقع على السندريلا الحسناء لتقول:

_ لماذا تُعذبها هذه السيدة الشريرة أبي، وسندريلا تُطيعها وتساعدها في شئون المنزل؟

لم تكن وحدها المتأثرة بما تراه، هو الأخر كان مجذوب لأحداث الفيلم، أو بالأحرى للإسقاط الذي وجد صداه في نفسه، بكثير من الأحيان تكون زوجة الأب ذات جبروت وقسوة، تسائل في نفسه هل يمكن أن يُعرض ابنته لمصير گ هذا لو انصاع لرغبة شقيقته بالزواج؟!

ما الذي يضمن له أن الزوجة التي يختارها سوف تعامل ابنته معاملة جيدة؟ وحدته أهون عليه ألاف المرات من أن يتسبب بأذى لطفلته، ثم أنه لا يشعر بالوحدة، سيلا تملأ حياته، وروح سلسبيل تلازمه طيلة الوقت، يراها بكل تفصيلة في بيته، يراها بفرشاة أسنانها التي لا يزال يحتفظ بها جوار فرشاته، يراها بمشطها الخشبي الذي يمشط به شعر سيلا كل يوم، يراها بنافذة كانت تحب أن تطل منها دائما وهي تنتظر عودته، تفاصيل لا تُعد ولا تُحصى

ترسخ وجودها حوله، خياله يجسدها له بكل موقف كأنها لاتزال تقتسم الحياة معهم، أي وحدة إذا يمكن أن يحياها؟

قاطعه صياح ابنته المتفاعل بشدة مع الفيلم:

_ أبي الأمير أضاع سندريلا، هربت وتركت له حذائها، كيف سيجدها ويحميها الأن؟

قالتها بحزن خُيل له أنه مبالغ به على طفلة مثلها.

أقترب وضمها له برفق وغمغم وهو يُطمئنها:

_لا تخافي سيلا، الأمير لن يفقد سندريلا وسوف يجدها، هو يحبها ولن يدع أحدًا يؤذيها.

لمعت عين الصغيرة بفخر، وخيالها يتفاعل مع ما يقصه أبيها، لتترك طبق الفيشار جانبًا، وتجلس على قدميه وتقبل جانب عنقه قائلة ببراءة:

_ليس لدي أمير يُحبني بعد لأني صغيرة، لكن لدي أنتَ أبي، أنت الأمير الذي يحميني من الأشرار.

أثارت بكلماتها العفوية تلك حميته وكل ذرة في كيانه ومشاعره تتوهج بعاطفة أبٍ يذوب حبًا بها ويخاف عليها من نسيم الهواء، ضمها له بقوة يحتويها بذراعيه ليثبت لها أنها هنا بين ضلوعه، ولا يمكن أن يؤذيها مخلوق وهو على وجه الحياة، لتمنحه قبلة وعناق رقيق، ثم عادت تطالع الفيلم لتعلو الابتسامة ثغرها، والدها كان محق، الأمير أنقذ السندريلا من براثن زوجة الأم وقام بحمايتها، وهي مثلها لديها أميرها الذي سيذود عنها ويقيها طعنات الأشرار بعالم لا تزال تتفتح به كـ زهرة تحاول شق طريقها وسط الزهور.

***

تتأمل الصغيرة وهي تلاطف طفلها عبد الرحمن وعقلها شاردًا يحلل ما قالته سيلا اليوم عن مُدرّسة تعاملها باهتمام شديد، لياخذها الفضول بتساؤلها:

أخبريني سيلا، مِس حنان هذه تعاملك جيدًا؟

_نعم وأحبها كثيرًا.

شخصت عيناها وفكرة ما تختمر برأسها لتأخذ على الفور حيز التنفيذ في اليوم التالي بزيارة مفاجئة تستنبض بها الأمر على طبيعته.

وجدت ضالتها هناك قابعة خلف مكتبها تكتب شيء بدفترها، أختلست سوسن لها نظرات فاحصة لتقيمها، بدت فتاة صغيرة الحجم رقيقة الملامح بشكل يُلفت النظر، دنت تلقي تحيتها:

_ السلام عليكم، أنتِ مِس حنان؟

تنبهت لها الأخيرة وردت تحيتها:

_وعليكم السلام سيدتي، نعم أنا هي.

ابتسمت تُعرف عن نفسها:

_أنا سوسن عمة سيلا.

حيّتها حنان بذوق:

_أهلا بكِ، كيف أخدمك؟

_ الحقيقة أود الاستفسار عن بعض الأمور.

أشارت لها حنان لتجلس ودعتها لتحتسي معها قدحًا من الشاي، قبلته سوسن بغرض إطالة الوقت معها لتقتنص منها بعض المعلومات.

_ أريد الاطمئنان على أبنة أخي ومستواها الدراسي وسلوكها مع زملائها كيف هو؟

أوضحت لها بهدوء:

_سيلا طفلة مميزة وذكيه ومرحة مع زملائها، ليس هناك أي تعليق عليها.

أومأت سوسن باستحسان ولاتزال نظراتها الثاقبة تتفحص الفتاة وتختبرها:

_جيد أنها هكذا.

لتستطرد بود:

_الحقيقة هناك أمر أخر جلبني اليوم، وهو تقديم الشكر لاهتمامك بسيلا، لدرجة أنها تتغنى بسيرتك طيلة الوقت فانتابني الفضول لرؤيتك.

ابتسمت شاعرة بالخجل:

_لا داعي للشكر، أنا أعتبر الجميع هنا أولاد لي وأحبهم من قلبي.

طالعتها سوسن بتردد لتحسم أمرها متسائلة:

_أنتِ متزوجة؟

تعجبت حنان سؤالها الذي بدا غريبًا لتوضح سوسن:

_عذرًا لتطفلي، حديثك وحبك للأطفال أشعل فضولي لمعرفتك، لو ضايقك سؤالي أعتذر عنه و...

قاطعتها بتهذيب:

_لا يستحق الأمر اعتذار.

لتخبرها ببساطة:

_أنا مطلقة.

اتسعت عين سوسن بصدمة لم تتوقعها، ظنتها لم تتزوج من قبل من فرط ما توحي ملامحها بالبراءة وصغر العمر، قرأت حنان دهشتها فقالت:

_لا تتعجبي، لقد تزوجت مبكرًا من ابن عمي، لكننا لم نتفق وانفصلنا بعد عامين.

أومأت بتفهم:

_فهمت، وهل أنجبتي منه؟

_لأ، أخبرنا الطبيب بأن ليس بين جسدينا توافق ولو تزوج كلًا منا أخر لتم الإنجاب بشكل طبيعي.

هزت سوسن رأسها وعقلها يُحلل بدقة ما قالته لتغمغم:

_سمعت عن حالات كهذه.

ثم قالت بحرج:

_سامحيني لو أزعجتك، فقد أردت معرفة السيدة التي تصاحب أبنة أخي أغلب اليوم، سيلا مهمة بالنسبة لي.

تفهمت حنان ورمقتها بإعجاب:

_أحيّكي على أهتمامك بطفلة شقيقك، أظنها محظوظة بعمة مثلك.

هتفت بصدق:

_بل أنا المحظوظة، هي بمثابة ابنتي وأول فرحتنا.

هزت حنان رأسها مكتفية بابتسامة دون. تعليق، لتنهض سوسن تقول قبل رحيلها: _تشرفت كثيرًا بالتعرف عليكِ مِس حنان.

_ الشرف لي، وأطمئني على أبنة أخيكِ.

نظرت لها مليًا لتقول بما بدا غامضًا للأخرى:

_أظنني لن أقلق بعد الأن.

وغادرت سوسن مكتفية بما حصلت عليه من معلومات، ولم تنسى تبادل أرقام هواتفهما لتطمئن من وقت لأخر على سيلا.

***

"هذه أكثر من تناسب أخي بكر"

بحماس حدثت زوجها مستطردة:

_لو رأيت يا كرم جمالها ورقتها لما صدقت قط أنها مرت بتجربة طلاق مسبقًا، أظن ظروفها مثالية لأخي.

_ المهم أن يقتنع بكر بما تقولينه.

قالت بعزم من ينوي القتال لأجل ما يبغيه:

_هذه المرة لن أتركه لهواه، حنان هي أفضل سيدة تناسبه، يكفي أن سيلا تحبها.

حذرها:

_سوسن لا تضغطي عليه فيغضب منكِ.

قالت بعناد:

_صدقني كرم لا أحد يُحب بكر مثلي، أنا لا أبغي إلا صالحه وسعادته هو وابنته، من حقهما أن ينالا عائلة دافئة تكون لهما عزوة وسند.

لتبرق عيناها بنظرة غامضة:

_وأعرف تلك المرة كيف أجعله يوافق على الزواج.

"سوف تحتفلين بعيد ميلاد سيلا وعبد الرحمن معًا؟"

_ نعم، تعرف أن بين مودلهما فقط يومان، فقررت دمج الحفل في منزلي ليكون أحتفالا بهما معًا كنوع من التغير بكر.

لترمي له طعمًا:

_حتى أني دعيتُ مُدرّسة سيلا لتشاركنا تلك المناسبة.

تعجب من فعلتها:

_لم أرى داعي لدعوتها.

_ كيف تقول هذا بكر؟ ألم تلاحظ قط تعلق ابنتك بها وحديثها الدائم عنها؟ بل لم ينتابك الفضول لتعرفها؟

هتف ببرود:

_الحقيقة لم ينتابني أي فضول.

أحبطها بقوله لتهتف:

_كيف بكر؟ هذه تقضي مع سيلا وقت طويل من اليوم، يجب أن نتأكد من أخلاقها وطباعها لنطمئن لمن تحمل مسؤوليتها.

ولأنها تربية يداه رمقها متوجسًا:

_سوسن، أكاد أشُم رائحة مكيدة تُحاك لي، ماذا يدور برأسك؟

ولأن الصدق أقصر الطرق قررت أن تسلكه:

_ الحقيقة ودون لف ودوران أنا تقابلت معها لأتعرف عليها عن قرب، وبعد أن تقصيت عنها أخبرك بكل صدق أن تلك السيدة أنسب واحدة تكون زوجة لك وأمًا لابنتك.

زفر حانقًا بملل:

_مجدداً سوسن تُزعجيني؟ ألم تعديني بعدم فتح هذا الموضوع؟

ثارت لأجله:

_لن أكف عن عدم إقناعك بكر، سوف أحاول معك مرة وعشرّ ومليون حتى توافق على الزواج، لن أدعك تعيش راهب وأنتْ في أوج شبابك، لابد لكَ من الزواج وإنجاب أشقاء لسيلا.

_ تكفيني ابنتي من هذه الدنيا، هي كل شيء بالنسبة لي سوسن، لا أحتاج امرأة بحياتي.

استنكرت زهده العنيد:

_وابنتك بكر؟ هل تكفيها أنتْ؟ هل تعوضها وحدتها وتحكم عليها ألا يكون لها إخوة مثل أقرانها؟ نحن لن نعيش لأطفالنا أبدْ الضهر، ويجب أن نترك من يؤازرهم بالحياة.

أطرق شادرًا بحديثها يتذكر أمنية الصغيرة

أن يكون لها أشقاء، هل حقا هذا ما تحتاجه سيلا؟ هل يظلم ابنته بعزوفه عن الزواج ومنحها عائلة كاملة؟ شعرت سوسن أنها ألقت في أرض زهده بذرة أمل للبدء بحياة جديدة وعائلة تكبر يوم بعد يوم، لتهتف برجاء:

_بكر، لا ترفض تلك المرة، واعطي لنفسك فرصة لترى السيدة وتختبرها بنفسك يوم الحفل، ربما تغير رأيك بعد رؤيتها وتكون وجه الخير عليك.

لتستطرد بعاطفة بدت جليّة:

_أخي، آن الأوان لتتغير حياتك بلمسة ناعمة تُضفي على أيامك مذاق جديد، أنت في النهاية بشر ويجب أن تحيا حياة صحيحة، أتمنى ألا ترد طلبي تلك المرة.

وتركته سابحًا بأفكاره يصارعها وتصارعه، ما بين خوف من خوض التجربة، وهلع أكبر أن يظلم ابنته ويحكم عليها بالوحدة من بعده دون سند.

الفصل الثالث

التردد عبء يجثم على صدره يحرمه راحة البال، فلا هو ماضٍ في طريقه، ولا هو بقادر على الرجوع للوراء، جحيم البين بين يستنزف روحه ويهلكه.

يشق صفحة المياة بذراعيه سابحا بجسده كأنه يتعارك مع أفكاره، حريصا أن يفرغ طاقته حتى يستسلم مجبرا لبعض الراحة، لكنها تضن عليه، أستلقي بجسده ولا يزال عقله يفكر بخطوة يخاف مجرد التفكير بها فضلا عن الإقدام عليها، كيف يتزوج وروحه وقلبه ملكًا لسلسبيله الراحلة، كيف يظلم أخرى لن يمنحها مشاعره، ضميره يلومه، بينما عقله يدفعه ليفعل دون ملامة، هو رجل ويحق له أن يفعل، كما أن ابنته لها أمنية عزيزة يود تحقيقها لها، يضرب رأسه كأنه يُخرس ألسنة خواطره التي لا تهدأ، نهض يتفقد طفلته ويلهو معها عله يتناسي حيرته.

_ غاضبة منك أبي.

ابتسم لعتاب الصغيرة وأخذها فوق قدميه:

_لماذا حبيبة أبيكِ؟

_ ذهبت لتمرين السباحة دون اصطحابي

هذب شعرها الثائر بحنان:

_سامحيني حبيبتي، كنت أحتاجُ بعض الخلوة، لكن سوف أعوضك أخر الأسبوع ونمكث اليوم بأكمله نتدرب سوا حتى تكتفي.

ارضاها وعده فكافأته بقبلة:

_أحبُك بكر.

ضحك لمخاطبتها بأسمه مجردًا وعانقها وهو يُدللها:

_عيون وقلب بكر أنتِ.

ثم أخذها معه لتشاهده وهو يطهو طعامها كما تحب، لتخبره ببراءة:

_حين أكبر قليلًا سوف أطهو لكَ طعام لذيذ كالّذي تطهوه لأجلي.

تأملها بعاطفة أبوية جارفة ليدنو يقبل جبينها:

_حتى حين تكبُرين حبيبتي سوف أظل أطهو طعامك، أنا أعيش لأجلك سيلا، أنتِ فقط.

أهدته عناقًا تلقاه بكر بسعادة ثم تابع ما يفعله وهو يشاكسها من وقت لأخر لتُطربه بضحكات تربت على قلبه.

***

لازالت مترددة بالذهاب وتلبية دعوة تلك السيدة، ترتاح لها لا تنكر لكن علاقتهما لتوها نشأت، تشعر بالخجل لمشاركتهم الحفل، ليحين منها نظرة لرسالة من سوسن .

" نحن ننتظرك، لن نطفيء الشمع قبل مجيئك" تنهدت مستسلمة فلا فرار من الذهاب.

_مِس حنان أتت.

هكذا صاحت سيلا وهي تركض نحوها مُعلمتها تستقبلها بحب والأخرى تنحني تتلقفها ملثمة وجنتها:

_أهلا سيلا، كل عام وأنتِ بخير حبيبتي.

ردت الصغيرة تحيتها وهي تحوطها باهتمام وسعادة حقيقية لحضورها.

_ دعينا نرحب مثلك بمُعلمتِك سيلا.

قالتها سوسن وهي تستقبلها بود تدعوها للدخول ومن ثَمة تعرفها على كرم وبكر الذي لم يغفل عن اندفاع طفلاه نحوها وفرحتها الواضحة بها، بدت متعلقة بها بشكل لن يستطع تجاهله، لتكون أول نقطة تفوق تحصدها تلك السيدة، لكن لايزال القرار بعيد عن عقله ويكاد يكون مستحيل على قلبه.

_ أنرتي بحضورك أستاذة حنان.

قالها بكر بنبرة معتدلة لتجيبه ببعض التوتر:

_ شكرًا لك.

ثم قدمت حقيبة ملونة محدثة الصغيرة:

_تفضلي سيلا هديتي، أتمنى أن تروقك.

فرحت الصغيرة بهديتها وقالت عفوية:

_شكرا مِس حنان، سوف أحبُها قبل أن أراها.

ابتسم بكر وهو يتابع تصرف ابنته باهتمام كأنها هي مقياسه ورداره الذي يتتبعه، لولاها ما كان هناك داعي حتى ليفكر.

_وهذه هدية عبد الرحمن.

سوسن بخجل:

_ولما هذه الكُلفة مِس حنان؟ يكفي ذوقك بتلبيتة دعوتي لهذا اليوم.

_لا تقولي هذا، أنا سعيدة بانضمامي لكما الليلة.

_ تعالي معي مِس لتشاهدي الهدايا معي أنا وبودي.

وجذبتها الصغيرة بحماس، لتنظر سوسن لأخيها نظرة لها معناها ثم طلبت من زوجها أن يساعدها بترتيب الطاولة، متعمدة ترك فرصة لبكر كي يحدث حنان ويقيمها عن قرب ويرى كيف تتعامل مع ابنته، دب الأمل بقلبها حين اقترب بكر وتبادل هو وحنان الحديث ونظرات شقيقها تبدو راضية نحوها، السيدة كانت طلتها رائعة تأسر أي رجل بخلاف رقتها المفرطة وصوتها الناعم بما يجعله أقرب للإغواء من فرط رقته.

_ أرأيت كرم؟ ها هو بكر ينجذب نحوها.

أجابها وهو يجفف الصحون خلفها:

الحقيقة تبدو طيبة وتعاملها مع سيلا يُلفت النظر، وأعتقد أن هذا الأهم.

قالت بنبرة المنتصر:

_لتصدق حين قلت انها مثالية لأخي، ظننتني أبالغ.

_ ليست مبالغة فقط أريدك ألا تُسهبي في تطلّعاتك، الأمر برمته متروك لبكر كي يقرر.

_ قلبي يخبرني أنها من نصيبه كرم.

_ أرجو ذلك لو كان بها خير له.

"سيلا"

صاحت حنان بفزع أربك الجميع وهي تجري نحوها تجذبها بقوة قبل أن يقع فوق رأسها فاظة فخارية ثقيلة تعلو طاولة مرتفعة الأرجل بالزاوية:

_ أنتِ بخير؟

الصغيرة التي شحب وجهها من الفزع:

_بخير يا مِس.

من جديد تبادلت سوسن نظرات غامضة مع أخيها بعد أن اطمئنّا لسلامة الصغيرة، كأنه القدر يدعم تلك السيدة، موقف عفوي كشف الكثير لبكر الذي قدّر وثمن لهفتها على ابنته، هل يعتبرها إشارة ليأخذ قراره؟ ظل تساؤله الأخير يدوي برأسه حتى انتهي الاحتفال وكنوع من اللياقة عرضت سوسن على أخيها توصيل حنان لمنزلها لتزداد فرصته بالاقتراب منها والتعرف عليها، فكان انطباعه أكثر من مشجع، وأهم دعائمه كان ميل الصغيرة لتلك السيدة.

***

أرقدها فوق فراشها برفق ودثرها جيدا، ثم مال يلثم جبهتها، وأنامله تداعب برفق شعرها ووجها النائم غارقًا في براءته، فراح يهمس لها وربما لنفسه:

_ ليتكِ تدرين مقدار حيرتي سلسبيل من خطوة كهذه، وما يُخيفني أكثر أن أمنع عنك شيئًا تحتاجينه وربما تعاتبيني عليه حين تكبُرين، أخاف أن تكونِ قصة سندريلا جديدة تُدون قصتها بخطوط الألم وحكاياه الحزينة، التفكير يمتص قوتي ويُهلك عقلي.

_ أبي.

بدت غير واعية وهي تناديه كأنها تحلُم فابتسم واقترب ليقبل رأسها هامسًا:

_أبيكِ هنا حبيبتي.

ثم تركها ليتوضأ ويصلي، دواء روحه وحيرته هناك بين يدي الرحمن، وحده من يملك توجيه قلبه للأصلح له، انتهت صلاته وذهب ليغفو راجيًا أن يري إشارة بين طيات حلمه تجعله يخطو خطواته بأمان.

لتمضي ثلاث ليالِ لم يستشعر إشارة واضحة ليأخذ قراره، لكنه لم يشعر بما يُنفره أيضًا، كل مقايس العقل ترجح كِفة حنان وأنها الأصلح، أما القلب يعلم أنه بوادٍ أخر ولن يضعه بحساباته.

أتى الصباح ليلملم حيرته جانبًا بصب اهتمامه على زيارة شقيقته وزوجها اليوم، ويعلم أنه سيخوض معها جدالًا لن ينتهي.

_متى سوف تأتي العمة وبودي أبي؟

التفت لصغيرته يخبرها:

_بعد صلاة الظهر حبيبتي.

وواصل:

_هيا تناولي إفطارك قبل أن تنشغلي بمجيئهم.

_ أريد ارتداء ثوب أخر.

_ انتقي ما تريدينه وسوف أصنع لكِ جديلة رائعة.

_ حقًا أبي؟

_نعم حبيبتي.

ووضع طعامها وتشاركاه ليبدأ تجهيز أميرته.

***

_ أخبريني سيلا، هل تحبي مِس حنان؟

أجابت عمتها التي أتت منذ ساعات:

نعم عمتي أحبها كثيراً.

_ وماذا لو عاشت معكِ أنتِ وأبيكِ هنا في البيت، تكونين سعيدة؟

أومأت سيلا:

_ نعم سأكون كذلك.

نظرت سوسن لبكر الذي راقبهما ليتنهد ويأخذ ابنته بين ذراعيه كأنه يتخذ منها دعمًا لخطوته التي لم تعد بعيدة، وكما قالت شقيقته ربما يوجهه الله لطريق به الخير له، وربما أيضًا مخاوفه مجرد أوهام بعقله، حنان تبدو كأسمها حنونة طيبة وجميلة، ويظنها ستكون عوضًا لهما، لذا أخذ قراره واستعد لخطوته الحاسمة.

***

لا تفهم سبب طلب بكر ليقابلها بعد إنتهاء عملها، ومع هذا أتته لتروي فضولها لما يريده، رحب بها وجذب لها المقعد لتجلس ليكون انطباعها أن هذا الرجل يدرك جيدًا كيف يتعامل مع المرأة، وكم بدا وسيمًا بعيناها كأنه تأنق أكثر من اللازم، الحقيقة منذ أن رأته لفت نظرها مظهره وحنانه الطاغي علي ابنته، تُرى كيف يكون حب رجلًا مثله بهذا الكم من العاطفة؟

_ عذرًا لطلبي لكني أردت الحديث معك بأمر هام.

قالها بكر مستهل حديثه معها لتمنحه إبتسامة خجولة متوترة لما هو أت ولا تعلمه أو ربما تخمنه وتخاف أن يخيب ظنها.

_ هل تتوقعي ما أردت مقابلتك لأجله؟

_ ربما تستفسر عن شيء يخص سيلا؟

أومأ نافيًا مع قوله:

_ لا وإن كان الأمر يخصها أيضًا لكن بصورة مختلفة.

بدا عليها الحيرة ليستطرد محاولا استحضار كلمات مناسبة يلدأ بها حواره:

_ اؤمن دائما أن الوضوح والصراحة أسلم الطرق وأفضلها، لذا سوف أسلكهما معكِ.

لحظة صمت واصل بعدها:

_أظنك تعرفين ظروفي، أنا رجل أرمل لدي أبنة وحيدة هي كل الحياة بالنسبة لي، بعد وفاة زوجتي لم أفكر قط بالزواج ثانيًا ولحد وقت قريب كان هذا قراري.

لينظر لها ببريق دافيء:

_حتى ظهرتي وتغير قراري.

ولأنها امرأة غذاء قلبها الإطراء راقها قوله أن بظهورها أختلف قراره، بصرف النظر عما سيحدث قد أصاب بكر اختيار البداية وأصبحت شغوفة للبقية.

_ صرت أريد عائلة دافئة لي ولابنتي نكتمل معها، وكنتِ أنسب أختيار لنا، لذا أطلبها صراحتًا، هل تتزوجيني حنان وتكوني لي زوجة صالحة وسكنًا ولصغيرتي أمًا تعوضها ما فقدته؟ وبالمقابل أعدك أن أكون زوجا يرعاكِ ويتقي الله بكِ وسند أبد الدهر.

التزمت الصمت تستوعب كل ما قاله، ليبرق بعقلها تساؤل وحيد طرحته علي الفور:

_لماذا كنتُ أنسب أختيار من وجهة نظرك؟

أخذ برهة من التفكير قبل أن يقول:

_لأن سيلا متعلقة بكِ، أخبرتك أنها كل حياتي ولن أخطو خطوة كهذه دون أن أشعر برضاها.

ساد بعض الصمت ليسترسل:

والأن خذي وقتك الكامل بالتفكير وأيًا كان قرارك سوف أحترمه.

***

أختلي بغرفة سلسبيل، محرابه الّذي تبقا له، رغبة شديدة جعلته يستدعي روحها من خزائن ذكراياته التي يخبئها لنفسه، إرثه وحده ولا شريك لأحدٍ به حتى ابنته، هو إرث عشق لا يقبل القسمة إلا على قلبيهما، أخرج من الصندوق الخشبي ورودها المجففة ليلفحه شذاها رغم ذبولها، لا يزال عبق حبيبته هنا، لا يزال يتذكر كل مرة أهدته إحداها، أما هو فكان يرفض أن يهديها مثلهم مصرًا أن

جمالها وعبقها يفوق الورد شكل ورائحة، تأمل صورها مطاردًا وجهها بأنامله، هل تشعر به، هل تراه خائن بفكرة زواجه المرتقب؟ هل تسرع بخطوته؟ لولا ابنته ما فعل لكنه يخاف أن يحرمها عزوة تحتاجها، تنهد بتعب وأعاد تخبئة الصندوق وايتلقي فوق فراشه يسبل عيناه يستدعيها بذاكزته.

_ أبي أنت نائم؟

اعتدل يضم صغيرته إليه:

_ لستُ كذلك حبيبتي، فرغتي من مشاهدة فيلم الكارتون؟

_ نعم.

_ جائعة؟

_ كثيرًا.

تبسم وقبّلها قبل أن ينهض يُعد لها وجبة عشاء.

***

تكاد سوسن تطير فرحا وهي تعلنها بقوة:

_ حنان وافقت أخيرًا، بعد تفكير أسبوعان كاملان وسوف تتزوجان بكر.

اومأ لها وشبح الخوف والقلق يخيم على ملامحه مما جعلها ترتاب بتساؤلها:

_ما بك بكر كأنك لستُ سعيد؟

منحها تنهيدة حملت أطنان من مخاوفه:

_ لا أدري سوسن، أخاف أن أظلم حنان.

_ كيف تظلمها لا أفهم؟

_قلبي لن يكون لها، مشاعري ملكًا لسلسبيل رغم رحيلها عني، أخاف أن أجرح حنان دون قصد.

تفهمت سوسن مخاوفه وربتت على كفه:

_ القلوب ليس عليها سلطان بكر ولها بوصلتها، لا تلوم نفسك علي مشاعرك نحو سلسبيل، كما ليس مطلوب منك إلا أن تُحسن معاملة حنان وترعاها وتهتم لأمرها، ولا تنسى أن العشرة تغير

كل شيء، ربما بيومٍ ما نتحدث حديث أخر وتقص لي كَم صرت تحبها.

لتستطرد برفق:

_حنان هي حاضرك ومستقبلك أخي، وسلسبيل ماضٍ داخلك وملكك وحدك ولا يحق لأحد محاسبتك عليه، هون عليك ولا تخاف بكر، كل شيء سوف يكون بخير أخي.

تنهد براحة وحديث شقيقته أزاح عن كاهله الكثير من مشاعره المشتتة الخائفة، ليهتف بشرود:

_أتمنى ألا أظلم أحدًا معي.

***

لم تفرض حنان تعقيدات كثيرة بعد موافقتها على الزواج، كما تفهمت عائلتها الوضع حيثُ أنهما سبق لهما الزواج وبعض الشكليات لم تعد مهمة، ليتم حفل زفافهما بنطاق عائلي دون بذخ، لتغزو الفرحة قلوب زويهم مباركين زواجهما.

أما الصغيرة لم تتفهم سبب بعدها عن أبيها، أخبرتها العمة أنه سوف يظل مع زوجته بضعة أيام ولا يصح وجودها معهم إن كانت تريد لها أشقاء صغار قريبًا، لماذا لا يصح؟ وما علاقة بُعدها عن أبيها بأن يصير لها أخوى؟ تساؤلات بريئة لم يفطنها عقلها، هي تشتاق والدها ولم تعتاد البعد عنه والنوم إلا فوق صدره وعلى فراشها وصوت والدتها ينبعث بفضاء غرفتها فتنام قريرة العين، تريد أميرها، تريد بكر.

لكن تُصر العمة أنها يجب أن تبتعد عنه..فتبتعد.

_ مسكينة، لم تعتاد البعد عن أبيها.

قالها كرم بشفقة.

لتغمغم سوسن:

_لكل شيء أصول ولم يكن يصح وجود سيلا معهما، كما أني بذلت مجهود بإقناع بكر أكثر من ابنته، أخي لم يستوعب بعد أنه أصبح زوجًا له زوجة.

_ألتمسي له عذر، مجرد خطوة زواجه تُعد معجزة سوسن.
وافقته بإيماءة:
_لديك حق، لازلت لا أصدق.
لتتنهد معبرة عن أمنيتها:
_أتعرف؟ سوف أحصي الأيام حتى سماع خبر حمل حنان.
ضحك من فرط لهفتها:
_تمهلي، لقد عدنا للتو من حفل زفافهما، دعيهم يأخذون وقتهما ولا تكوني حماة شريرة.
قهقهت وهي تأخذ مكانها جواره بالفراش:
_ ماذا أفعل بنفسي، أتوق لرؤية أطفالهما حد الجنون، أظنني سأغدو أسعد امرأة في العالم.
ضمها برفق:
_بإذن الله ستتحق أمنيتك حبيبتي.
ليتسائل:
_أين عبد الرحمن؟
_تركته ينام جوار سيلا تحقيقا لرغبتها، هي لم تعتاد النوم وحدها.
أطفأ كرم ضوء المصباح جواره واعتدل يميل عليها هامسًا بمكر وأنامله تتحسس طريقها فوق جسدها برقة أذابتها:
_خير ما فعلت سيلا، حتى أفوز بكِ الليلة وحدي.
ليواصل همسه:
_كنتِ رائعة الليلة.
ابتسمت بحنان لإطراءه وهمست:
_حقا كنتُ جميلة؟
ألتحم بها أكثر:
_بل فاتنة.
أحاطت وجهه براحتيها تنظر لعيناه:
_ما حرمني الله منك كرم.

لتطلق همستها الذائبة:

_ أحبك.

ليكون اعترافها أخر عهدهما بالكلمات.

***

رجولته كانت گ ارض يابسة من طول هجرها، لتحيها قطرات أنوثتها الطاغية وهي بين ذراعيه بليلتهما الأولى، كان يخاف خلوتهما كأنه لم يلج عالم النساء قلبها ويجهله، ظن أنه سيخذل نفسه قبل أن يخذلها، لكنه لا يدري ما صار بمجرد أختلاءه بها، من بدأ بالطوفان واجتاح الأخر؟ هو باحتياج جسده للمسات أنثى؟ أم هي بمشاعرها التي انطلقت دون رادع ليشعر أنها حقًا تحبه قولًا وفعلًا كما أخبرته، وكأنها كانت معركة ربحا بها سويًا، لتسكن فوق صدره تعانق خصره بينما يضم هو رأسها بكفه.

_ سعيد بكر؟

همست تساؤلها ليجيبها:

_ بالطبع.

لتنظر له تفاجئه بقولها:

_ بكر، أعلم أنك لم تُحبني بعد.

رمقها بدهشة وتوتر وبحث عن كلمة يقولها لتعاجله:

_ لا تظنني أعاتبك، أعلم أن علاقتنا لاتزال بأولها، أردت فقط إخبارك أني أتفهم وسوف انتظر اعترافك بيوم أنك أيضًا تُحبني.

نظر لها وعجز عن قول كلمة واحدة لكنه ضمها إليه بقوة كأنه يعتذر عن صمته، لتنتهي ليلتهما الأولى بهذا العناق.

تنفس الصباح وضياء الشمس نفذ عبر شقوق النافذة منعكس على وجهه فتململ هامسًا بخفوت بأسم ابنته، ثم فتح عيناه وتذكر إنها ليست معه، فارقها للمرة الأولى منذ ولادتها، حاول التمسك بها وكذلك فعلت زوجته (حنان) لكن غلبهما عناد شقيقته، وهي تقسم إنها ستظل تحت رعايتها حتى يعودا، وأنهما يستحقان بعض الخصوصية بأول أيام الزواج، رضخ بكر كي لا تُظلم زوجته، هي

بالأخير عروس وتستحق بعض الدلال ولو بضعة أيام ثم يعود لابنته،حينها لن يفارقها ابدا.

بدأت تفيق هي الأخري، وبعفوية تأملها بهذا القرب وتلك الهيئة المهلكة، وغلالتها تسرق نظره وتلهب حواس رجولته التي طمسها داخله سنوات منذ وفاة " سلسبيل" وبذكرها تنهد، تراها راضية؟ لم تأتيه في الحلم گ عادتها منذ فترة كأنها تُفسح المجال لغيرها، وتعطيه مساحة ليتقبل أخرى، تململ زوجته حنان يزداد فيزداد تأثيرها خطورة عليه وتفاصيل جسدها تبرز أكثر أمامه، فتحت عيناها لتجده يتأملها فابتسمت بجاذبية لا ينكرها ورفعت رأسها قليلا تلثم ذقنه ثم توسدت صدره وذراعيها تطوقه بنعومة فبادلها العناق وهو يهمس.

_صباح الخير ياحنان.

رفعت وجهها معاتبة بمسحة دلال:

_حنان فقط؟

مال ولثمها مع همسه:

_صباح الخير حبيبتي.

ابتسمت وهي تتأمله بوله من تغرق عشقًا برجلها.

لتلاحظ شروده الطفيف فتقول:

_اشتقت ابنتك؟

أومأ بقوله:

_هذه أول مرة نفترق.

_ تحب أن نعود؟

نظر لها بعجب قبل ان يقول:

_مستحيل، من حقك أن...

قاطعته:

_لا أريدك حزينًا، فلنعد لها و..

قاطعها هو تلك المرة:

_لستُ حزينًا، فقط لم أعتاد الأمر، لا تقلقي سوف أعتاده مؤقتا حتي نعود.

أرضاها حرصه ألا يجور علي حقها وقالت بمرح:

_ أين سوف تخرج اليوم؟

_أي مكان تريدينه.

ابتسمت ولمعت عيناها بعاطفة لم تعد تكبلها نحوه، ثم اقتربت ولثمت شفتيه برقة ثم أشارت لصدره هامسة:

_أحب أكون هنا جوار قلبك.

يعترف أنها تفاجئه كلما عبرت عن مشاعرها كما يعترف أن ما تفعله يلقى صدى داخله وهي تعلن حبها اللامشروط له، ليدرك أنه ربما كان يقسوا علي نفسه، هو يحتاج هذا الدفء والتوهج بحياته، حتي لو قلبه لا يزال معلقا بسلسبيله، حنان هي حاضره الذي يستحق أن يأخذ فرصته كاملة.

كافأها بانجرافه نحوها بجنون أشعل حواس رجولته العطشى من جديد، ليغرقا بعاصفة أكثر جنونًا وصخب عما سبقها.

الفصل الرابع

كم اشتاق سلسبيله، نهره الذي يرتاح على ضفافه ويغرق في براءته، ماءه الذي يروي عطش أبوته ويغذي أوردته، لا يدري كيف استطاع البعد، لكن لا بأس، هو في طريقه للعودة إليها، سوف يخبرها وهو يغمر جسدها الرقيق بين ذراعيه أنه لن يكرر غيابه، بل سوف يمنحها اعتذارا لأنه فعل، وقلب الصغيرة سيغفر لأميرها.

اندفعت نحوه تطوقه بذراعيها الصغيرة تهلل فرحة لعودته هو وماما حنان كما صارت تُلقبها، أخيرا عاد أبيها ليصحبها معه، ستعود لبيتها، لفراشها، لصوت والدتها وهي تغني لها وهي تغفو آمنة بصدر أبيها:

_ أشتقت لك أبي.

_ أنا أكثر يا قلب أبيكِ.

وراح يستعرض هداياه لها هي وعبد الرحمن وسوسن، ليبرق عقل الصغيرة بخاطر متذكرة قول العمة حين أخبرتها أن قريبا سيكون لها أخًا صغير لو تركتهما بضعة أيام، وها هي فعلت، أين أخيها إذًا؟

وجدها بكر كأنها تبحث عن شيء ليتسائل:

_عما تبحثين حبيبتي؟

_ عن أخي، أين تخبئونه أبي؟

طالعها بكر بدهشة:

_نخبيء من؟

_ أخبرتني عمتي لو تركتك أنت وماما حنان تذهبان بمفردكما سوف تجلبان لي أخًا صغير، أين هو؟

لطمت سوسن جبينها خجلا من فهم الصغير الخاطيء لها بينما توترت حنان وشعرت بنوع من الضغط أما بكر ابتسم وقرب سيلا له موضحًا:

_حبيبتي لا يسير الأمر بتلك السرعة ويحتاج وقتًا، حين يأذن الله سوف يكون لك أخًا مثل عبد الرحمن.

أدركت الصغيرة مقصده وعادت تتعلق بعنقه تقول:

_ سوف تعود و تنام معي أبي أليس كذلك؟

ربت ظهرها برفق:

_بالطبع سأفعل أميرتي.

تبادلت سوسن مع حنان نظرة ما لتوميء لها الأخيرة بألا تقلق وأنها تتفهم جيدا علاقة سيلا بأبيها.

_ تعالي معي حنان نُحضر السفرة ونثرثر سويًا.

_ طمئني بكر، مبسوط مع زوجتك؟

تسائل كرم فور ابتعاد سوسن وحنان ليغمغم بكر:

_الحمد لله، حنان طيبة وحنونة وتحبني أنا وابنتي.

حاصره كرم بنظرة ثاقبة ليقول:

_لماذا إذًا أشعر أنك...

وصمت يبحث عن كلمة مناسبة مواصلا:

_لا أدري ماذا أقول لكني لا أرى ذاك البريق بعين رجل حديث الزواج.

فاض بما يؤرقه حقًا:

_سلسبيل منذ زواجي ولم تزور أحلامي كرم، أشعر أن روحها غاضبة.

_لا تهتم بأفكار كهذه بكر، عقلك يحاول خداعك، أظن روح سلسبيل تريدك سعيدًا مستقرًا، أما عدم رؤيتها بالحلم هذا وارد، ولا يفترض أن يكون له سببًا، هون عليك ولا تعكر صفوك، أنت عريس جديد، استمتع يا صديقي قبل أن يبدأ عهد النكد الّذي تعرفه.

حاول الابتسام لمزحته وتمتم بكلمات مقتضبة، بينما داخله شعورًا أقرب لليقين أن روح سلسبيل غير مرتاحة، ولا يدري لذلك سببًا.

***

_ أريد النوم أبي.
غمرها بحنانه وحملها برفق:
_حاضر حبيبتي.
ثم التفت لزوجته:
_حنان، أفرغي حقائبنا ريثما أعود.
_ دعني أفعل هذا بدلًا عنك بكر.
_لأ أريد، أبي هو من ينام جواري.
شعر بكر بالحرج لاعتراض ابنته العفوي ليقول:
_عفوًا حنان، سيلا لها طقوس معينة في النوم لا تعلميها عموما أفرغي الحقائب ولن أتأخر.

وذهب بابنته التي اشتاقت صدر أبيها وهو ليس أقل منها اشتياقًا وهو يعبر لغرفتها لتتوهج روحه وهو يشم عبق سلسبيل هنا، يتلهف لصوت وصورتها التي يبثها الحاسوب الخاص بها، إرثه هو وسيلا من الذكريات، مشطت عيناه تفاصيل كل شيء بشغف كأنه غاب دهرًا، لام نفسه على تلك المشاعر لكنه تغاضى.

أحكم غلق الغرفة ليصدح صوت سلسبيل كمان كان، تشدو لابنتها، تحدثها، تضحك معها، لتتفاعل الطفلة بقولها:
_لم أكن أغفوا جيدًا عند العمة، أشتقتُك أنت وصوت أمي.
دثرها بعاطفته قبل أن يُدثرها بالغطاء جواره يعتذر لها عن ابتعاده ويعدها أنه لن يتكرر.

ابتسمت وعيناها يتثاقل جفنيها لكنها همست بنصف وعي بما أثار اهتمامه ولهفته " حلمت بأمي"
_ وماذا رأيتِ سيلا؟
غمغمت تحاول تذكر ما رأته:
_كنتُ حزينة ولا أعرف كيف أنام دونك، آتتني وأخذتني بحضنها وراحت تشدو لي وتداعب شعري حتى غفوت، شعرت أنها كانت معي حقًا أبي.
_ وماذا أيضًا؟

_ كل يوم كانت تفعل هذا.

ضمها بوخذة ضمير أختلط بحزنه ويقينه أن روح سلسبيله ربما غاضبة عليه، لماذا لم تزورها مثل ابنتهما؟

_ غاضبة من أبيكِ سيلا؟

قالها يتلمس عفو صغيرته لتبتسم له بسماحة:

_لستُ كذلك أبي، أنا أحبك كثيرًا.

اكتفت بقولها وسريعا ما غطت بالنوم متشبعة بأمانه الذي عاد، وصوت سلسبيلهما المنبعث يلقي عليهما سحرا جعله هو الأخر يستسلم لغفوة قبل أن ينتفض متذكرا أن له زوجة الأن تنتظره.

***

_ سيلا نامت؟

أومأ وعيناه ترصد غلالتها التي كشفت الكثير عن أسرار أنوثتها وهي تقترب بإغواء:

_أنا أيضًا لي طقوسي بكر.

ثم حاصرته بذراعيها تلفحه بأنفاس دافئة عطرة ونبرة تثير كل حواسه:

_لا أنام دونها.

وبدأت تجتاحه بنعومة وأثر شفتيها يمسد ما تطاله من وجهه، لمساتها تعرف أين طريقها لتخترق حصون جسده الّذي استسلم لغزوها دون أرادة، كلما منحته كلما أحتاج المزيد، لتنتهي عاصفة التحامهما بأنفاس لاهثة مستكينة على صدره (أحبُك بكر) قالتها بصدق فضمها إليه ينظر نحوها ولا يعرف ما الذي يمنعه لقولها، بقدر ما أخترقته بلمساتها لا يزال قلبه بعيدًا بعد السماء، ليجيبها بأفعاله وهو يبادر باجتياحها تلك المرة فتستجيب وكل ذرة بجسدها ترحب بغزوه، وما أن أفرغ عاطفته حتى سلبهما النوم وانتهت طقوس ليلتهما معا.

***

استقبلت رفيقتها التي أتت تبارك لها في منزلها لترحب بها حنان بحفاوة:

_بسنت كم اشتقتُ لكِ.

عاتبتها:

_واضح بدليل عودتك من شهر العسل منذ أسبوع ومع هذا لم تهاتفيني مرة واحدة.

ضحكت برواقة وهي تلف خصلة من شعرها حول إصبعها:

_يا حمقاء أنسيتي أني عروس صارت منشغلة بتدليل زوجها؟

_ لم أقل شيء أسعدك الله مع زوجك، لكن تذكري رفيقتك ولو دقائق بمكالمة.

واستدرت بحذر:

_أهو هنا؟

_ أطمئني، هو وابنته ذهبا لزيارة شقيقته، وتعللت له أني متعبة وأريد النوم ثم هاتفتك لتأتي ونتحدث علي راحتنا.

نزعت بسنت حجابها وجلست بأريَحيّة تهتف بغرور:

_يجب أن تُقدمي لي فروض الولاء والطاعة.

لتنظر لها بخبث:

_لولا تخطيطي ما تزوجتي بكر.

رغم فراغ المنزل توترت تنظر حولها، فكما يقولون للحيطان أذان، لتواصل بسنت فخرها بما حاكته:

_وعدتك أن أجعل بكر يأتي إليكِ يطلب الود، وها أنتِ صرتي زوجته.

هنا تركت حنان العنان لمشاعرها وعيناها تبرق ببريق الظفر تتذكر ما كان وما دبرته في الخفاء.

_ أخبرتك مدخله لن يكون إلا ابنته سيلا.

"سيلا"

همستها بأرجاء ضميرها بصوتٍ كأنه نبع من أعماق الجحيم، وبنظرة عبرت عن حقدها الدفين الذي يناقض تمامًا قناع محبتها وحنانها الزائف، لتدوي ضحكتها بغتة كأنها صارت على حافة الجنون، تتذكر بفخر كيف اكتنزت بمساعدة صديقتها بسنت كل

الخيوط بيدها تحرك الجميع بما تشاء إرادتها، كل ما حدث لم يكن على سبيل المصادفة، بل خططت له من البداية، منذ أن رأته ذاك اليوم يأخذ ابنته، فُتنت به وذابت كأنها لم ترى من الرجال أحدًا قبله، عزمت لنيله، ولكي تناله لم تجد وسيلة أصلح من صغيرته التي جعلتها مجرد سُلّمة تسلقتها متصنعة حب واهتمام زائف لتصل لأبيها، وها هي حققت مرادها، سخّرت الجميع لخطتها هي، بينما ظنوا أنهم أختاروها بإرادتهم وأنها مُقادة لزيجة مناسبة بمقاييس العقل، لتبرق عيناها بنظرة مخيفة وهي تضع هدفها القادم نُصب عيناه، وهو ازاحة الصغيرة من طريقها ليبقى بكر لها وحدها..هي فقط.

_ كيف يتعامل معكِ بكر؟

قاطعت شرودها بسنت لتقول ووجهها تُغبره الحيرة:

لو تسألين عني فأكاد أطير فرحًا بكل لحظة أقضيها معه، أما هو.

_ ما به؟

تنهدت حنان تبوح لها لما تشعر:

_ يعاملني بشكلٍ رائع ومع هذا أشعر بنقصٍ ما، كأن مشاعره غائبة بسنت، ولأكن دقيقة قلبه بعيد، ليس معي، أتفهمين؟

أومأت بتفهم لتسألها:

_ وماذا وهو بأحضانك؟

شخصت عيناها تصف لها ما تستشعره:

_ تعرفين الطفل الجائع؟ هو يأكل حتى يشبع، عاطفته ليست كما أريدها أن تكون، أتفهمين بسنت؟

_ نعم، لكن لا تنسي أن عمر علاقتكما لايزال قصير العهد، حين يعتادك بحياته وتنجبين له أطفالًا سوف يتغير الوضع، فقط لا تتعجلي.

لتطرح خاطرًا مغزاها:

_ هل كان هكذا مع زوجته الأولى؟

صاحت بضجر:

_عن أي زوجة تتحدثين؟ مهما كان معها بكر صار لكِ، إن كان اليوم بعيدًا بقلبه غدًا تملكينه، فقط الصبر.

واستطردت بمكر:

_ولا تنسي التركيز على احتياجاته كي تأسريه، يظل مجرد رجلًا عاش سنوات في الحرمان، وأنتِ مثل الفاكهة الطازجة التي سيحرص علي التهامها، أجعليه يُدمن قربك وكل شيء سيغدو يسيرًا بعدها.

وافقتها بأيماءة لتتساهل بسنت بفضول:

_ألن تعودي لعلمك في المدرسة؟

تدللت بقولها:

_حبيبي خيرني بالأمر، وأنا اخترت المكوث في البيت مثل الملكة، يكفي شقاء وقد صار لي زوجًا لا يبخل عليّ بشيء، لما العناء؟

صاحت بسنت بحسد:

_معكِ حق، أتركي العناء ونحرة القلب مع الصغار لأصحابه، واهنأي مع بكورتك.

صاحت بغيرة:

_أخرسي بسنت، يكفي أن مقصوفة الرقبة ابنته تُدلله بها بدلًا عني.

ضحكت ساخرة:

_أنتِ مجنونة؟

شخصت عيناها تقول:

_هل هكذا كانت تخاطبه زوجته وابنتها تُقلدها؟

صفقت بكفيها هاتفة بنفاذ صبر:

حتمًا فقدتِ عقلك حنان، كيف سوف تُقلدها ووالدتها توفت وهي تلدها يا ذكية؟

رفعت حاجبيها بغباء:

_نعم لديكِ حق.

نهضت تستعد للمغادرة وهو توصيها:

_المهم لا ترتكبي أي حماقة وتتصرفي من رأسك، ولا تُظهري حقيقة مشاعرك نحو الصغيرة أمام بكر وإلا خسرتي كل ما حصدتيه وما بقي لكِ إلا الحسرة، مهما أنجذب نحوك تظل هي ابنته الأغلى.. تذكري هذا.

أومأت تتشرب كل حرف قالته بسنت، لديها حق، سوف تكون حمقاء لو لم تفهم تلك الحقيقة، كفة سيلا هي الراجحة الأن، فلتصبر حتي تتغير الظروف لصالحها.

***

وقفت تدندن برواقة وهي تطهو طعام الغداء قبل مجيء بكر لتجد الصغير تهتف من خلفها.

_ ماما حنان، هل لي بطلب؟

لم ترى سيلا قسوة نظرتها قبل ان تستبدلها بقناع وداعة اسدلته وهي تستدير لها تقول برفق:

_أطلبي حبيبتي.

_ أريد أن أتعلم كيف أصنع أيس كوفي لأبي، هو يحبه وأمي أخبرتني حين أكبر سوف أفعله لأجله.

فارت دمائها لذكرها والدتها ثم ضاقت عيناها باستنكار ساخر لا يخلو من قسوة:

_كيف أخبرتك وهي متوفية منذ ولادتك؟

لم تدرك الصغير قسوتها المتهكمة وكشفت لها ببراءة:

_ أخبرتني بالفيديو.

_ أي فيديو هذا؟

غمغمت الصغيرة بما صدم حنان بحقيقة لم تكن تعلمها:

_أمي قبل موتها كانت تسجل لي فيديوهات كثيرة وتعلمني كل شيء وتشدو لي وتقص لي قصص جميلة أنام عليها، وأبي هو من كان يقوم بتصويرها.

نيرانها استعرت داخلها، شعرت كأن غريمتها تتحدها تاركة لها أثرا لن ينمحي، هو يراها إذا، يسمع صوتها، ضحكتها، لا تزال حية داخله، ودون ان تشعر جذبت ذراع الصغيرة بقسوة تزيحها عن طريقها ما جعلتها تتآوه: _آه، ذراعي مانا حنان، لقد ألمتِني.

انتبهت حنان لحماقتها وبقعة حمراء تركت أثرا بذراع الصغيرة فصاحت مرتدية قناع الوداعة:

_آسفة حبيبتي لم أقصد إيلامك.

لتواصل خداعها:

_أحيانا يصيب أصابعي تصلب فلا أشعر بقسوة يدي حين أمسك شيء، سامحيني صغيرتي ولا تغضبي.

دلكت الصغيرة ذراعها ودموع الألم تجمعت بعيناها ورغم هذا قالت بتسامح:

_لستُ غاضبة ماما حنان.

لتستعطفها كي تُطمس فعلتها بدهاء:

_حسنًا، لا تخبري أبيكِ عن ما فعلته بذراعك سيلا، ربما يغضب ويضربني، هل تريدينه أن يفعل حبيبتي؟

وعدتها الصغيرة:

_لن أفعل.

لتؤمن نفسها أكثر من كشف بكر لها:

_ولو سألك بكر عن من فعل هذا، أخبريه أن دينا صدمتك وأنتما تلعبان.

أومأت لها بطاعة ولا تزال تُدلك ذراعها بألم، منحتها حنان لوح شيكولاتة مدعية الطيبة:

_خذي هذا وتناوليه بغرفتك حبيبتي حتى افرغ من طهو الطعام.

ثم دفعتها خارج المطبخ متظاهرة الرفق محاولة ألا تفلت غضبها من عقاله، لتنصاع لها الصغيرة وتبتعد لغرفتها.

***

هرولت تستقبل أبيها بمرحها المعهود:

_أشتقتُ يا بكر.

غمرها بذراعيه:

_وأنتِ أكتر يا قلب بكر.

ثم منحها من جيبه شيئًا:

_أشتريت لكِ شيكولاه.

وحذرها:

_لكن لا تتناوليها قبل الغداء.

قالت:

_لن أتناولها وسوف أقتسمها مع دينا غدًا في المدرسة.

لتواصل:

_ماما حنان أعطتني واحدة اليوم.

رفع حاجبيه يشاكسها:

_والتهمتيها وحدك دون بكر؟ سوف أعاقبك.

وراح يدغدغها مثيراً ضحكاتها الرائقة وهي تتلوى كعصفورة صغيرة لتتوقف عيناه بغتة صائحا بفزع:

_ما الّذي أصاب ذراعك سيلا؟

هنا توقف قلب من كانت تقف خلفهما تراقبهما بذعر، فلم يكن بحسبانها ان تنكشف هكذا سريعا، وينفضح امرها بكدمة زرقاء قاتمة لطخت ذراع الصغيرة.

ماذا عساها فاعلة الأن؟ هل سوف تخبره طفلته بالحقيقة؟ ام تخبره بما أمرتها به؟

الفصل الخامس

ماذا لو صارت الوجوه شفافة تعكس مخاوفنا دون ستار؟ ماذا لو تخطى صوت الخوف حاجز أعماقنا وأضحى مسموعًا؟ ماذا لو أصبحت الرأس بلور تكشف داخلها الخبث والمكائد؟ لو تحقق كل هذا لتعرت حقيقة حنان الّتي ابتلعت ريقها بتوتر تحيك سريعا كذبتها لبكر:

_ دينا صدمتها وهما يلعبان.

نظر نحوها ولا يزال يمسك ذراع ابنته بفزع، لتتدخل الصغيرة رغم براءتها تؤكد كلام حنان وهي تخطو بطريق الكذب خطوتها الأولى وليتها لم تفعل.

_ نعم أبي، هذا ما حدث.

صمت وقلبه يرتاب، ثم نهض ليحضر دهان يعالج قتامة البقعة الزرقاء وسط بياض الثلج بذراع قرة عينه.

_ تؤلمك حبيبتي؟

قالها بحنان معبر بالحزن لتبتسم سيلا تُدلله، كأنها تدري بفطرتها متى يحتاج ابيها الدلال ليطمئن:

_لا تؤلمني بكورتي، لكن يضايقني شكل ذراعي.

_ سوف يعود ذراعك كما كان حبيبتي لا تقلقي.

قالتها حنان أخيرًا ملتقطة أنفاسها الهاربة، لقد تخطت هذا الموقف دون فضح أمرها، ويجب عليها الحذر فيما بعد بألا تترك أثرًا يدل على أفعالها.

_ لن أسمح لها باللعب مع دينا مرة أخرى.

قالتها متظاهرة بالخوف عليها وبدواخلها تريد حرمانها من رفيقتها ليعترض بكر بحزم:

_ لن يحدث.

مستطردًا:

_ دينا رفيقة سيلا الوحيدة، مع من تلعب إذًا؟
أسدلت حنان قناع الوداعة:
_ كما تحب بكر كان مجرد اقتراح، قلتُ هذا خوفًا عليها لا أكثر، لكنك أدرى بصالحها.
وغادرت متصنعة الحرج، لينظر بأثرها نظرة عابرة ليعود موليًا اهتمامه بالصغيرة.
_ سيلا، دينا حقًا هي من صدمت ذراعك؟
لم يهدأ قلبه إلا بتقصي الأمر من ابنته التي أكدت:
_ نعم أبي.
واصل تقصيه بحذر طارحًا مخاوفه:
_وماما حنان تعاملك جيدًا في غيابي؟
_نعم، ماما حنان تُحبني ولا تضايقني قط.
حاول الهدوء وافترض ما يشعر به مخاوف ربما ليست صحيحة، فلم يحدث ما يدعمها حتى الأن.
_ أبي، أريد رؤية بودي والعمة.
ابتسم رابتا ظهرها برفق:
_أمرك حبيبتي، أخر الأسبوع سوف نزورها ونقضي اليوم كله معها.
هللت بفرحة قبل أن يصدح صوت حنان مناديًا عليهما لتناول الغداء الذي صار جاهزًا.

***

_ إلى أين بكر؟
_ سوف أُنيّم سيلا.
خانها تلك المرة حذرها معه هاتفة بحدة:
هل يجب فعل هذا كل يوم؟ ألا تستطع النوم وحدها؟ سيلا لم تعد صغيرة بكر.
رماها بنظرة صارمة وصاح بقسوة:
أنا حرّ أرعى ابنتي كما يحلو لي، ما شأنك أنتْ؟.

سارعت تُلطف الأمر بتراجع لاعنة حماقتها:

_حبيبي لا تغضب مني، فقط أريدها أن تتعود علي الاعتناء بنفسها، هذا افضل لها كي لا تعتمد عليك بكل شيء فيما بعد.

_ مهما كبرت لن يتغير شيء مما أفعله لابنتي.

ليحذرها بصرامة أشد:

_ لا تتحدثي هكذا ثانيًا.

تركها تتلظي بغيظها تنهب الأرض بخطواتها، لتمضي ساعتان دون عودته إليها، توجهت والشيطان يشعل جذوة ثورتها لمجرد افتراض أنه تركها ليغفو جوار ابنته، حينها لن يمر الأمر مرور الكرام، هي زوجته ولا يجب تركها تنام وحدها، وصلت للغرفة التي منعها أن تنظفها بحجة أنها تحوي كل أغراض زوجته الراحلة التي تركتها لسيلا ولا يريد مضايقتها بالأمر، كادت أن تقتحم خلوتهما ليصلها صوت غناء خافت، فدارت حول الجدار لتقف أمام نافذة صغيرة تطل على غرفة سيلا من الخلف فرأت ما جعلها كتلة نار مشتعلة وهي تبصر غريمتها سلسبيل تتجسد عبر شاشة الحاسوب، تقف في المطبخ الذي تملكه هي الآن و تطهو شيء ما وهي تغني، نظرت لبكر وابنته فوجدت الصغيرة يبدو عليها شعور النعاس وهي تتوسد صدر أبيها، بينما هو يربت على ظهرها وعيناه شاردة تتابع فيديو زوجته، تكورت قبضتها واتقدت عيناها بشرارة مخيفة، لوهلة حرضها شيطانها تدخل تحطم الحاسوب الّذي يحتفظ بذكراها كأنها حية، لتتوقف بغتة وصوت بسنت يداهم عقلها بغتة (إياكي والتصرف بحماقة) أخذت نفسًا عميقًا تهديء به نفسها، وعادت لغرفتها تنتظره.

_ لازلتي مستيقظة حنان؟

رمقته بجمود دون رد، فتوجس وهو يقترب مستلقيا جوارها:

_ما سبب هذه النظرة الغاضبة؟

_ ساعتين بكر؟ هل سيلا فقط من تحتاجك؟ وأنا أين حقي بكْ؟ ألا يحق لي النوم علي صدر زوجي؟

زفر بنفاذ صبر:

_أمعقول حنان تغاري من طفلة؟ ما الّذي تغير بكِ لا أفهم!

دافعت عن نفسها:

_لم أتغير بكر، لكني أحبك وانت لا تهتم بي، ليتك تمنحني ما تعطيه لسيلا، أنا بحاجتك خاصتًا أني...

توقفت باترة بوحها الباكي ليتسائل بقلق:

أنك ماذا حنان؟ أكملي.

رمقته بعين مغرورقة وأشاحت عنه، ثم استلقت تولّيه ظهرها أما هو لأول مرة يشعر بتأنيب الضمير معها، يعترف أنه لم يمنحها مشاعره بعد، بل يولي كل اهتمامه لابنته، بينما هي زوجته وتستحق الرعاية وإلا ما كان تزوج، أجبرها تستدير إليه ليباغت بدموعها فضمها قائلا بدهشة:

_ضخمتي الأمر حنان.

والتقط منديل ورقي يمتص دموعها، ثم منحها قُبلة فوق جبينها مع قوله الحاني: _سامحيني، ربما قصرتُ معك دون قصد.

لم تجيبه، ظلت مغموسة بين ذراعيه وهي تستشعر حنانه الصادق وكفه يربت ظهرها برفق تمامًا كما يفعل مع صغيرته ليهمس لها بعد صمت:

_حنان أخبريني ما بكِ، أشعر أنك تخفي عني شيء.

_ لا أخفي شيء.

رفع وجهها إليه وبنظرة دافئة حدثها:

_كوني صريحة معي إن كنتُ غالي عندك.

نكست رأسها تفكر بتردد، هل حقا تخبره أم تصمت؟ لتقرر بعد لحظات مصارحته بما يضايقها وتري رد فعله متمنية ألا يخذلها:

_ذهبت مع رفيقتي للطبيب أتفقد حالتي كي أنجب.

_ ولماذا لم تخبريني لأصحبك إلى هناك؟

_ هذا الّذي صار.

_ حسنًا، وماذا أخبرك؟
رمقته بقلق لكنه منحها ربتة مشجعها فقالت:
_لدي مشاكل بسيطة تحتاج علاج عدة أشهر.
_ لهذا مِزاجك سيء؟
أومأت له بتأكيد ليواصل بتفهم حاني:
_حنان هذه أرزاق، ونحمد الله أن الطبيب طمأنك وأعطاكِ أملًا، لا تتوتري أو تقنطي من رحمة الله.
ادهشتها بحق ردة فعله المراعية لها ولنفسيتها لتقول:
_لكني أعلم مدى شوقك أنت وسوسن وسيلا لطفلًا.
ابتسم بهدوء:
_نعم لكن كله بأمر الله، سوف يأتي في وقته، ولأجل هذا سوف أواظب على الصدقات بنية الرزق والجبر لنا قريبًا.
ابتسمت غير مصدقة تفهمه:
_حقًا بكر سوف تتصدّق لتُرزق مني بأطفال؟ هل يفرق معك هذا؟
_ بالطبع حنان، حتى يغدو لسيلا إخوة يكونوا عونًا لها من بعدي.
تحطمت فرحتها على صخرة صراحته وهو يخبرها ببساطة أن امنيته فقط ليكون لابنته أشقاء وليس حبًا فيها وتقربًا لها، تمنت أن يقولها حتى لو كذبا.
أطرقت رأسها بحزن لم يلحظه وهو ويحدثها ليجذبها على صدره هاتفا:
_دعي تلك الأفكار من رأسك واهدئي، وأخبريني بزيارة الطبيب المرة القادمة لأكون معك.
أومأت شاردة دون رد فضمها إليه أكثر وهي تستشعر حاجته لقربها كأنه يحاول إرضائها، فلم ترفض دعوته متجاوبة معه بنهم وجنون جامح، أصبح يتفهمه بها في كل مرة يلتحمان سويًا، هو يعلم انها تحبه ويعلم أيضا أنه غير ذلك، شيء داخله مازال غامضًا

نحوها، كما أن قلبه لا يزال أسيرًا لمن رحلت، وكل ما بوسعه تلبية حاجتها ودعمها وقتما تحتاجه، وهذا ما يفعله الآن.

***

"أهدئي حنان وأخبريني ما حدث كي أفهم"

قالت لها عبر الهاتف وهي تميز غيظًا:

_ الأستاذ يستغفلني هو وابنته.

_ كيف؟

_ يتركني كل ليلة بحجة أن يُنيم ابنته، واتضح أنهما يشهدان فيديوهات زوجته وهي تضحك وتغني وأنا الغافلة أنتظره بالساعتان حتى يتذكرني.

أعربت بسنت عن دهشتها:

_ زوجته منْ؟ أتزوج بكر غيرك؟!

صرخت عليها:

_ بسنت، لا ينقصني غبائك.

_ حسنًا وضحي لي بهدوء.

قالت بغضب:

_ أقصد زوجته المتوفاه، الهانم كانت تهوى التصوير، وقبل وفاتها سجلت فيديوهات كثيرة لتوثق بها كل شيء لابنتها قبل ولادتها، تارة تغني لها، وأخرى تضحك هي وبكر وهما يتشاكسان سويًا، ومرة تطبخ وتشرح لسيلا طريقة ما تفعله لتتعلم منها، كل هذا يشاهدونه معًا كل ليلة.

_ فكرة غريبة كأنها كانت تعلم برحيلها.

ثم قالت بإعجاب:

_ الحقيقة راقتني فكرتها.

صاحت حنان حانقة:

_ أقسم بالله بسنت لو كنتِ أمامي الآن لهشمتُ رأسك، أذهبي للجحيم، أخطأت حين حدثتك.

صاحت سريعا:

_أهدئي يامجنونة لا أقصد.
واستطردت:
_نتحدث بالعقل، سلسبيل رحلت وتركت لابنتها مجرد ذكري ما الّذي يُغضبك بهذا حنان؟ هل تغاري من سيدة لم يعد لها وجود؟
قالت بنظرة غائمة مع نبرة أكثر عمقًا:
_مخطئة بسنت، سلسبيل لاتزال هنا، بصمتها في كل شيء، كما أنها مازالت بقلب بكر، كل يوم يسترجع ذكراياتهم صوت وصورة، متى أنال فرصتي معه وروحها مسيطرة عليه بهذا الشكل؟ متى يراني ويشعر بي؟ بكر بعيد عني بسنت.
لتستطرد بغل تملكها:
_أنا أكرهها رغم موتها، هي الّتي بدأت معه كل شيء، ذاق معها أول عناق، أول حب، اول ضحكة، حتى الأبوة هي من روتها داخله، أشعر أنها تحاربني وهي في قبرها، وأموت من غيرتي.
لتواصل تبث لبسنت خيبتها:
_وحين عاتبته بالأمس أن لا يصح تشغيل هذه الفيديوهات بعد زواجنا، ويراعي مشاعري، ليخبرني أنه حق أبنته التي لا تنام إلا على صوت والدتها، وأنه لن يغير طقوسه معاها لأنه تزوج ويجب أن أحترم هذا، هل هذه عيشة بسنت؟
قالت بعد أنصتت لها جيدًا:
_أسمعيني حنان، بكر لن يتغير هكذا، لن تنفعك إلا الحيلة معه.
_ كيف؟
_ أولا لا تكشفي غيرتك وضيقك من قصة الفيديوهات هذه، بالعكس أعرضي عليه أن تشاركيه مشاهدتها.
_ أقسم أنكِ باردة وسوف تُصبيني بالقهرة.
_يا حمقاء، يجب أن يطمئن لكِ بكر كي لا يشك فيما سيحدث.
بدى عليها الاهتمام أخيرًا:
_ وماذا سيحدث؟
لم تراها ورغم هذا استشعرت ابتسامتها الشيطانية وهي تغمغم:

_لم يُعظمون كيد النساء هباءً، أنصتي لي ولن تندمي.

لمعت عين حنان بحماس وبسنت تشرح لها فكرتها وكيف تتحكم هي بكل الخيوط كما كانت.

***

تناولت شيء ما بين يديها وهي تطالعه بنظرة خبيثة، ثم توجهت نحو الصغيرة وصاحت بنعومة زائفة:

_سيلا حبيبتي أراكي متعبة شاحبة الوجه.

تعجبت الصغيرة:

_أنا؟ لكني بخير ولا أشعر بشيء ماما حنان.

جست جبينها وتظاهرت بالخوف المفرط:

_كيف وجبينك دافيء، ربما بوادر وعكة برد.

ثم صبت لها قدر من الدواء بملعقة كبيرة ووجهتها لفم الصغير فابتلعته على الفور ووجهها يتجعد باشمئزاز:

_ طعمه سيء.

ربتت عليها وقالت:

_سامحيني حبيبتي أخاف أن يتمكن منكِ المرض أكثر.

واستطردت:

_سوف أحضر لك بعض سكر ليبدد مرارة الدواء.

راقبت وهنها من بعيد ورأسها يميل حتي سقطت غافية فوق فراشها، ابتسمت بخبث لنجاح خطة بسنت، مجرد دواء سعال يسقطها بالنوم قبل مجيء بكر، حينها لن يتركها كما يفعل كل ليلة، سوف يظل معها وحدها ويغفوا بين ذراعيها، هكذا يجب ان تصير الأمور.

***

"أين سيلا؟"

تسائل فور دخوله البيت وعيناه تبحث عنها لتجيبه:

_من فرط لعبها هي ودينا اليوم غفت مبكرًا.

انتابه الضيق وتفقدها ليطمئن فوجدها نائمة بوداعة، انحنى يقبل رأسها هاتفا:

_أشتقتُك صغيرتي.

بدت الصغيرة غارقة بنومها فدثرها جيدا وذهب لتبديل ملابسه كي يتناول العشاء مع حنان، ولو الأمر بيده ما تناول شيء دون سيلا، لكنه يراعي مشاعر زوجته، سيشاركها الطعام حتى لو بشهية مفقودة.

_ ما رأيك بالطعام حبيبي؟

قال وهو يمسح شفتيه بمنديل:

_رائع، سَلمت يداكي.

رقص قلبها وهي تشعر للمرة الأولى ان بكر لها وحدها گ أي عروس تعد طعام ويتناولاه دون عزول، شكرت داخلها اقتراح بسنت لتقتنص بالحيلة حقها في بكر.

وامتدت بهما السهرة حتى غفى بين ذراعيها دون طقوسه اللعينة، لتنام هانئة قريرة العين.

***

"سيلا.. هيا أفيقي حبيبتي"

بربتات حانية حاول إيقاظها مع حلول الصباح لتهمهم بكلمات غير واضحة فمال وهمس بأذنيها:

حبيبتي أفيقي لنفطر سويًا قبل الذهاب للمدرسة.

قالت بصوت يكبله النعاس: أتركني أبي أمي معي.

عقد حاجبيه بقلق، وبظهر كفه لمس وجنتها، حرارتها معتدلة ولا تبدو مريضة، ليصيح: سيلا أفيقي.

أشرقت بعيناها تبتسم: صباح الخير أبي.

ساعدها لتنهض ثم أحاط كتفيه بذراعه:

صباح الورد أميرتي.

وتسائل:

_كيف رأيتي والدتك في الحلم؟

حاوات التذكر:

_شدت لأجلي وهي تصنع لي جديلة طويلة، وكانت تنظر لي وفجأة نزلت دمعة كبيرة من عيناها، تسائلت لماذا تبكي لم تجيبني ووجدتك توقظني أبي.

لم يجد تفسيرًا واضحا لما قصته سيلا لكن شعور غريب من الخوف نغز قلبه، هل هناك ما يقلق روح زوجته وجعلها تبكي؟ كيف يؤول رؤياها هذه؟

_ أتعرف لماذا غنت لي أمي في الحلم؟

_ لماذا؟

_ لأني لم أسمع صوتها بالأمس.

داعب خدها:

_جئت لأجدك غافية ولم أشأ إيقاظك.

ليقبلها:

_سوف نعوضها الليلة، فقط لا تنامي قبل عودتي، أتفقنا؟

نهضت بنشاط ومرح تجيبه:

_أتفقنا بكر.

ضحك ثم شاكس خصرها بأصابعه لتضحك قبل أن تذهب وتغتسل لتستعد للإفطار.

***

_ خائفة بسنت.

هكذا بثت مخاوفها لرفيقتها لتبسط لها الأمر:

_مما تخافي؟ هذا مجرد دواء للسعال لا يضر.

_ لكني بحثت عنه ووجدته ربما يسبب حساسيه لو تناولته لفترة طويلة، بكر لو كشفني ستكون كارثة.

_ لن يحدث، وعموما سوف أبحث عن حيلة أخرى واستمري بما تفعلينه لنضيع بعض الوقت وتستحوذين علي بكر.

ثم شاكستها:

_واهتمي بزوجك أكثر، لو حدث حمل سوف تتغير الأمور، علي الأقل لن تكون سيلا طفلته المدللة والوحيدة.

_معكِ حق، هذا أملي الوحيد.

وأغلقت معها وخيالها يجسد حلمها كأنه حقيقة، وطفلا منها يحتل قلبه واهتمامه، فتتقهقر مكانة سيلا وتتلاشى مع الوقت، هذا ما تصبو إليه.

الفصل السادس

استعدت لاستقباله مرتدية قميص جديد لم يراه من قبل، راحت تدور متأملة مفاتنها بغرور متوقعة أن تسرق عقله بطلتها، خاصتا أن الصغيرة نامت من تأثير الدواء گالعادة والأجواء صارت رائقة لهما، شعرت به يدلف للبيت فهرولت تفاجئه بعناق ظهره كالطفلة، أبتسم بكر متفهمًا لهفتها تاركًا لها عنان التعبير عن مشاعرها كيفما تشاء، ثم ربت على كفها وبادلها عبارات من الود وعيناه تمشط الأرجاء حوله باحثًا عن الصغيرة.

_ أين سيلا؟

أخفت توترها قائلة:

_ نائمة.

_ الأن؟

بررت له:

_نعم، أحاول تنظيم نومها فالسهر لا يناسبها، ينتظرها مدرسة في الصباح.

اعترض بقوله:

_لكن لا يزال الوقت مبكرًا، كيف تنام دون أن تشاركنا العشاء؟ أسبوع كامل لا تنتظرني.

ثم كشف عن قلقه:

_أفكر أن أخدها للطبيب.

وصل توترها للذروة بينما توجه لابنته يوقظها فتبعته حنان بقلق بالغ من أن ينكشف أمرها، تراقبه خائفة ان تستيقظ الصغيرة وتخبره أنها تأخذ دواء للسعال كل ليلة، حينها سيشك بها، فلا توجد عليها أي علامات للمرض.

_ سيلا ، أنهضي حبيبتي واجلسي معنا قليلًا

لم تستجيب له الصغيرة، وبالكاد تململت وهي غارقة بالنوم، لتقول تلك التي هربت الدماء من وجهها:

_ أتركها تنام بكر وأعدك في الغد لن أجعلها تغفو قبل مجيئك.

لم تحيد عيناه عن ابنته:

_ سلسبيل لم يكن نومها ثقيل هكذا، لما لا تستيقظ؟

شحب وجهها بشدة تحمد الله انه لا ينظر إليها الأن وإلا كشفها، ابتلعت ريقها قائلة بتماسك زائف:

_ حبيبي لا تُضخم الأمر، سيلا مجرد طفلة يستنزفها اللهو فتنام متعبة.

وواصلت تشتت تفكيره:

_ هيا نتناول العشاء و..

قاطعها بحدة:

_ لا أريد، فقط أصنعي لي قهوة.

عبس وجهها بعد أن منّت نفسها بعشاء حالم معه مثل الليالي السابقة، لكن يبدو انها كانت بحُلم قصير تبخر سريعًا، ولجت مطبخها تنظر للطعام بحسرة ثم شرعت بعمل ما أراده.

_ القهوة بكر، تريد شيءٍ أخر؟

لمس حزنها فقال:

ما بكِ؟

_ لا شيء.

_ أين قهوتك إذًا؟

حدجته بعتاب:

_ كنتُ جائعة وظننت ستتناول الطعام سويًا قبل القهوة، لكن بما إنك لن تأكل سوف أضعه في البرّاد كي لا يفسد.

ألتقط كفها قبل أن تتحرك:

أنتظري حنان.

ثم وقف يحدثها بنبرة أكثر رقة:

_لا تغضبي مني، فقط ضايقني عدم أنتظار سيلا لي كما اعتدنا وأشعر بالقلق عليها.

_ صدقني لا شيء يستدعي قلقك هذا بكر، وأعدك غدًا سوف تنتظرك.

ابتسم لها رغم ضيقه الدفين:

_حسنًا حنان.

ثم جبرها بقوله:

_ هيا حضري العشاء لنتناوله معًا.

غمرتها السعادة لقوله فشبت تطوق عنقه وتقبله بقوة، ليضحك لتبدل حالها معترفًا داخله بالذنب، فقلبه العنيد لا ينجرف لتيارها وهي انثى وحتما تشعر بذلك، سوف يراضيها ولو بعشاء لايزال لا يشتهيه دون صغيرته.

في الصباح انتهزت فرصة انشغال بكر بالمرحاض، لتختلي بالصغيرة بغرفتها وهي تهمس لها بحذر:

_سيلا حبيبتي انتِ تحبيني أليس كذلك؟

الصغيرة بعفوية:

_بالطبع أحبك ماما حنان.

_ إذا لأجلي لو سألك أبيكِ لماذا تنامي مبكرًا، قولي أنك تلعبين كثيرا أنتِ و دينا فتشعري بالتعب، ولو سألك عن عشائك أخبريه أنك تتناوليه قبل نومك.

نظرت لها الصغيرة بدهشة لما تقوله:

_لكني لا أذكر أني اتناول العشاء قبل نومي، حين تعطيني ذاك الدوا أشعر بالدوار ولا أتذكر شيء بعدها.

ضللتها بقولها:

_كيف سيلا؟ أنا أطعمك بيدي حبيبتي كل ليلة لكنك لا تتذكري هذا بسبب الدوار.

ثم تصنعت الرفق بقولها:

_لولا خوفي أن يزداد عليكِ التعب ما أعطيتك هذا الدواء، على كل حال أنتِ تعافيتي ولن تأخذيه مرة أخرى.

لتؤكد عليها:

_المهم لا تنسي ما أوصيتك به، أتفقنا حبيبتي؟

أومأت لها بطاعة:

_اتفقنا ماما حنان.

قرصت وجنتها برضا:

_حبيبة ماما أنتِ، هيا نتناول إفطارنا مع أبيكِ.

وقف بمنتصف الدرج وأجلسها على حافة السور العريض يطوقها جيدا بيديه:

_سيلا، أنتِ بخير حبيبتي؟ هل يؤلمك شيء؟

قالت بحيوية:

_لا أبي أنا بخير.

_ لماذا إذًا لا تنتظريني وتنامي قبل مجيئي؟

أطرقت تتذكر ما أوصتها به زوجة أبيها فشجعها بقوله:

_ سيلا، تحدثي حبيبتي ولا تخافي من شيء

ثم همس بأذنيها: ماما حنان تضايقك؟

هزت رأسها بنفي تقول:

_ ماما حنان تحبني ولا تضايقني.

_ وعشائك، تتناوليه قبل نومك؟

عجزت ثانيًا أن تجيبه، هي حقًا لا تتذكر أنها تأكل قبل ان تتناول دواء السعال، لكن زوجة أبيها أخبرتها انها تأكل، لتقول لأبيها.

_ نعم أبي أتناوله قبل نومي.

تنهد براحة وقبل خديها:

_حسنًا يا قلب أبيكِ.

ثم أوصاها:

_لا تنامي قبل حضوري.

_ لن أفعل.

قبلها بحنان ثم استأنفا هبوط الدرج حتى استقلت الحافلة ومن ثَمَ توجه هو لعمله.

***

"ماما حنان أريد الاستحمام قبل مجيء أبي، هل تساعديني"

غمغمت دون ان تحيد عن تصفح هاتفها:

_كيف أساعدك؟ ألا تستطيعي الاستحمام وحدك؟

بلى، لكن لا أعرف كيف أملأ البانيو، أبي دائما ما يفعل لي هذا.

نظرت لها باستخفاف وكادت ان ترفض لتتراجع، ليس من صالحها إظهار قسوتها فتشكوها الصغيرة لأبيها، منحتها ابتسامة متصنعة:

_من عيني حبيبتي، وسوف أساعدك في استحمامك.

لم تعد تحتمل ثرثرة الصغيرة عن والدتها، دمائها تفور ومجبرة على إخفاء نيران غيرتها وحقدها المُضرم بقلبها، ودون أن تعي وجدت نفسها تغمر رأسها بالماء وتدفعها لتتوغل به اكثر وأكثر، شعرت حنان أنها تفقد السيطرة على يدها التي تُبقيها بقوة داخل المياه، بينما الصغيرة تعافر لرفع رأسها ورئتيها تطلب الهواء، هي تعافر والأخرى تزيد قوة غمسها بالماء وعيناها تبرق بنظرة جنونية و وسوسة الشيطان تهمس بلسان ضميرها..لا تعافري يا صغيرة..دعي الموت يمتص أنفاسك لأخر رمق..رجاءً موتي بسلام..حتى أعيش أنا بسلام.. فالحياة لن تحتملنا معًا..براءتك سوف تحترق بنيران مكائدي ولا نجاة لكِ من الهلاك..لقد اقتربت من النيل منكِ، ها هو رأسك المغموس بالماء يستكين تحت مقصلة يدي يستسلم للموت، موتي، موتي بسلام.

الكلمة الأخيرة صعقت إدراكها لتعود لوعيها الغائب رافعة يدها تحرر رأس الصغيرة التي استسلمت لها، فوجدتها لا تتحرك، هل ماتت؟ هل قتلتها؟ يا ويلها من انتقام أبيها، كيف تواجهه؟ كيف تبرر له موتها غرقًا؟ كيف؟

_سيلا.. سيلا.

راحت تنادي عليها صارخة بذعر كأنها تستدعيها من أحضان الموت لتتلقفها بأحضان من يخاف العواقب، متنفسة الصعداء والصغيرة تبرز من قلب الميا تصيح بمرح لا يناسب قط رعب مشاعرها.

_أرأيتِ ماما حنان كيف مكثتُ فترة طويلة تحت الماء؟

نظرت لها الأخيرة بفزع لا تصدق نجاتها هي قبل نجاة الصغيرة التي واصلت بتباهي:

_انا مثل أبي أنفاسي طويل لأني أحب السباحة مثله.

اغمضت عيناها تلتقط انفاسها الهاربة تلوم نفسها، كادت ان ترتكب حماقة تُكلفها عمرها بأكمله، ليهديها عقلها بتبرير كاذب:

_أحسنتي حبيبتي أنا بالفعل كنتُ أختبر قوة أنفاسك.

لمعت عين الصغيرة بفخر غير مدركة لحقيقتها، لقد نجحت باختبار زوجة أبيها المزعوم، جعلتها خاسرة، لكن خسارة انقذت حياتها من الهلاك.

***

"أجُننتي حنان؟ كدتي تقتلين الطفلة"

استقبلت لوم صديقتها حانقة وهي تجلس في منزلها:

_هذا ما صار ولا أدري كيف حدث.

لتصيح بغل:

_وها هي قطة بسبعةِ أرواح.

_ احمدي الله انها كذلك، وألا كان ارسلك بكر للجحيم خلفها.

زمجرت بغل:

_ماذا أفعل بسنت، الحقيرة ظلت تتحدث عن والدتها ففقدتُ صوابي، ولم أشعر بنفسي وأنا أُغرقها.

هزت بسنت رأسها بياس:

_حنان صدقيني لم لم تتحكمي في مشاعرك سوف تخسري كل شيء، أولهم نفسك، لابد أن تُحكمي عقلك ولا تتهوري.

هتفت تستنجد بها:

_أذًا ابحثي لي عن حل أخر غير دواء السعال هذا، لم تعد تُجدي تلك الحيلة.

_ وماذا لو تركتيها تنتظره وتجالس أبيها ساعة ثم تنام، تحمليها بدلًا من مجازفتك كل يوم.

_ أنسيتي بسنت طقوسهما اللعينة ومشاهدة فيديوهات سلسبيل؟

اومات متذكرة:

_نعم لقد نسيت، لا نفر إذًا من خطة جديدة.

شخصت عيناها بتفكّر ثم فرقعت إصبعيها بغتة بحماس:

_وجدتها، فكرة سوف تُخلصك منها بعض الوقت.

هتفت بلهفة:

_قوليها سريعًا يابسنت.

غمغنت بمكر:

_مستعدة للمجازفة؟

قالت متوجسة:

_مجازفة؟ ماذا تقصدين؟

ابتسمت وعيناها تلمع بخبث:

_سوف أخبرك.

***

نظر لشقيقته متعجبًا حد الذهول لا يستوعب طلبها الغريب، ليحرر دهشته بتساؤل:

_كيف تأخذين سيلا عندك لا أفهم سوسن؟

قالت بعد ان استعدت جيدا لمجادلته:

_اريدها ثلاث أيام فقط أخر كل أسبوع بكر، اولا لأني اشتاقها، وثانيا لتلعب مع عبد الرحمن ابني، تعرف كم سيلا تحبه.

لتستطرد بما هو أهم:

_وثالثًا كي تتفرغ لزوجتك قليلًا، تتنزهون وتقضوا أوقات ممتعة معًا، حنان لاتزال عروسة ومن حقها اخذ راحتها معاك.
احتد عليها دون ان يشعر:
_ما هذا الهراء سوسن؟ لا أوافق أن تبتعد عني ابنتي ساعة واحدة.
ناطحته بحُجْتها:
_ بكر، حنان تحتاج اهتمامك تلك الفترة.
رفع حاجبيه مستنكرا:
_وماذا افعل لها بالظبط؟
فاضت له بوضوح:
_بصراحة ودون لف ودوران، لابد أن توليها اهتمام أكبر حتى يحدث حمل.
غمغم بتهكم:
_وسيلا ما علاقتها؟ لها غرفتها ونحن لنا غرفة تُوصد علينا، ولا نتنطط كالقرود كي نحتاج إبعاد ابنتي عن البيت.
_وهذا ما اقصده بكر، حنان عروس تريد التجول في البيت وترتدي ما تشاء لك، وجود سيلا ربما يؤيدها ولا تعلم، صدقني أنا سيدة مثلها وأفهم.
ثم لاطفته بود وهي تضغط عليه:
_بكر حبيبي، حنان لها حق عليك الأن على الأقل حتى تُنجب وتنشغل عنك بطفلها، ألم تتزوج لأجل هذا؟ ثم أن سيلا سوف تكون تحت رعايتي وأنت تدري إنها ابنتي وأكثر.
أخبرها بعناد:
_لا أقتنع، ولو فعلت سيلا ذاتُها سوف ترفض الابتعاد عني.

لتهتف بثقة من خطط لأمره جيدا:
_وإذا وافقت سيلا على اقتراحي؟ هل تفعل ما أريده؟
قال بثقة تفوقها:

_لن توافق، أبنتي وأعرفها.

_ حسنًا دع رأي سيلا الفيصل بيننا، وأعدك لو رفضت لن أتحدث في الأمر ثانيًا.

رمقها بتردد لحظات ليحسم أمره مناديًا صغيرته:

_ سلسبيل.

_ نعم أبي.

اجلسها برفق فوق قدميه ليمهد لها، ثم بدأ يخبرها باقتراح شقيقته وانتظر بلهفة قرارها الفاصل وإن كان واثقا من رفضها.

_موافقة أبي.

يعترف بصدمته الكبرى برد سيلا، لم يتواقع قط موافقتها، بينما لمعت عين سوسن بغموض وخطتها تسير كما أرادت، بعد انفرادها الخفي بالصغيرة لإقناعها وهي تغريها بحيلتها التي لا تبطل بأن قريبًا سوف يأتي لها اخ جديد، لهذا يجب ان تخبر أبيها انها ستظل معها بعض الوقت، ولم تخذلها.

_ توافقي ان تبتعدي عني سلسبيل؟

رمقت العمة الّتي شجعتها بنظرتها قبل أن تخبره:

_انا أحب عمتي والعم كرم وسوف ألعب انا وبودي.

راح ينظر نحوها بتعجب، ليلتفت لشقيقته متراجعًا عن وعده:

_سوسن، أنا لا أوافق.

_ لكنك وعدتني بكر، أتخلف وعدك؟

صرف طفلته بعيدًا ليستدير لها موضحا: سوسن، لا تنسي أني تزوجت فقط لأجل سعادة سيلا، وليس لابتعد عنها.

راجعته بقوة:

_وأيضًا تزوجت لتمنح لسيلا أخوة، أليست هذه أمنية ابنتك بكر؟

ثم امسكت كفه برجاء:

_لأجل خاطري بكر أنصت لي ولن تخسر أخي، فترة مؤقتة حتى يتحقق مرادنا جميعًا، ومجرد أن تُنجب حنان سوف تستقر الأمور، إن كنتُ غالية لديك وافق.

نكس رأسه يفكر والأمر ثقيل على نفسه ولا يتقبله، لكنه رضخ قائلا على مضض: _موافق، لكن لو طلبت سيلا الرجوع لن أتردد بإعادة كل شيء كما كان.

صاحت بانتصار:

_موافقة.

اشفقت عليه وهو يغادر حزين الوجه، ليته يعلم أنها لا تريد إلا صالحه، تنهدت ثم امسكت الهاتف وأرسلت رسالة مطمئنة، لتبتسم حنان بخبث فور تلقي رسالة سوسن بنجاح الأمر، لقد نجحت مكيدتها تلك المرة بمساعدة سوسن ذاتُها، تلك التي أوهمتها بعدم راحتها مع بكر واهتمامه المفرط بسيلا وإهماله لها كزوجة، واستغلت لهفة سوسن للإنجاب، لتقرر الحمقاء مساعدتها، وها هي أوفت بوعدها، ضحكت حنان وراحت تدور بجسدها تُمني نفسها بأوقات خاصة مع بكر دون صغيرته المزعجة، ابلغت بسنت برسالة بتمام الأمر كما خططا لتهنئها الأخيرة متفاخرة بأفكارها الجهنمية.

***

يتقلب على فراشه دون راحة يجافيه النوم، لا يستوعب بعد أنه ترك صغيرته تبتعد عنه، والأغرب موافقتها هي ذاتها، يشعر بشيء لا يريحه، كأن أحدهم سيطر على طفلته وأجبرها لتوافق، زفر زفرة حملت كل حزنه ونهض مغادرا فراشه.

_ إلى أين بكر؟

_إلى الشرفة.

قالها باقتضاب لتتركه دون إلحاح، وبرغم كآبته منذ ذهاب سيلا لعمتها إلا إنها لا تصدق إلى الآن ربحها أول خطوة من خطوات فطامه عن صغيرته، وتقسم انها ستبذل كل قوتها بتلك الأيام

الثلاث، لتجعله رهن إصبعها وعبدا لفتنتها، ستجعله يتلهف لغياب الصغيرة لياخذ فرصته ويختلي بها، لتكن هذه البداية لما هو أت، فقط البداية.

الفصل السابع

النعيم هو ما حاولت ان تُسْقيه إياه حتى يثمل، علها تُشتت عقله عن أبنته ويشعر بها وبما تُكنه لها، هي تحبه رغم كل البغض الذي بقلبها نحو الصغيرة، تعشق بكر، تريده لها وحدها، تريد تنصيبه سلطان على عرش خافقها، تُشبع داخله رغبات تتوقها رجولته التي تجاهل أحتياجها، هو في النهاية رجل ومهما بدا عصيًا مفاتيحه بيدها، كل ليلة تتمايل بين ذراعيه كأنها حورية تقدم عروض الغواية لسيدها لتنال نظرة رضا، مشاعرها الثائرة لا تهدأ، تندفع نحوه دون خجل، تحاول أسره في ليلها تحقن سيول عشقها في أوردته ليغرق معها وفيها وينسى كل شيء ما عداها هي، تجاهد لتنزعه من الواقع وتزرعه في حلمها الوردي، لكن لأحلامنا أعمار قصير تنتهي بلحظة يقظة.

_حنان، ربما أتأخر اليوم كي أحضر سيلا.

بدأ عقلها يعمل بسرعة الصاروخ باحثة عن حيلة سريعة تمنعه لجلبها اليوم، فهتفت بنعومة خادعة:

_لما لا أحضرها أنا حبيبي؟ وفرصة أرى سوسن وصغيرها، وحين تعود تجدنا بانتظارك أنا وسيلا.

صمت ثوانِ يفكر ثم قال:

_حسنًا، أذهبي أنتِ وأحضريها لكن لا تدعيها تنام قبل مجيئي.

واستطرد:

_ واصنعي الحلوى التي تحبها سيلا.

تصنعت الأهتمام:

_من عيوني.

همَ بالمغادرة لتناديه عاتبة:

_بكر، ألم. تنسى شيء؟

ابتسم وهو يعود خطوتين مقتربًا يلثم شفتيها بقبلة عابرة ليرحل فتشيعه بنظرة مفعمة برضاها، هذه اولى خطواتها لترويضه، هي تعلم رغم كل ما تبذله لاتزال بعيدة عن قلبه، لكن لا بأس، سوف تجبره أن يعتادها، حتى قُبلة صباحها لن تتنازل عنها، ويومًا ما سوف يُدمنها دون أن يشعر.

***

بطريق عودته ابتاع كل ما تحبه سيلا كما طلبت حين هاتفها صباحًا، ولج لمنزله ينادي:

_ سيلا، قلب أبيكُ لقد أتيتْ أين أنتِ؟

وضع الأغراض على الطاولة القريبة ولاحظ هدوء المكان على غير العادة، لو ابنته هنا لهرولت عليه، أمعقول لم تأتي حنان وابنته من عند شقيقته إلي الآن؟ هَم بإجراء مكالمة وتبين الأمر ليلمح ما جعله يندفع وعيناه تلتقط جسد حنان مُلقى أرضًا فصاح بفزع:

_حنان، ما الّذي حدث لكِ؟!

لم تجبيه فاستعان بزخات من قنينة عطرها ودنى بكفه لأنفها لتبدأ بالتململ وهي تفيق مع همهمة خافتة، فتنفس الصعداء وهو يحدثها:

_حنان أنتِ بخير؟ ما الّذي أفقدك وعيك هكذا؟

قالت بوهن:

_ لا أدري بكر، أتذكر أني كنت أنظف البيت وأرتبه قبل الذهاب لإحضار سيلا، لأشعر بغتة بدوار أسقطني ولم أدري بشيء إلا الأن، ربما أصابني الهبوط لعدم أكل شيء منذ الصباح.

غمرها باللوم:

_كيف تهملي طعامك وما الداعِ لإجهاد نفسك والبيت نظيف؟

غمغمت وهي تعتدل بجلستها وهو يضم ظهرها لصدره:

_أردت حين تأتي سيلا يكون البيت جميل، وصنعت لها الكيك اللي تحبه كي نسهر عند عودتك.

أنطلى عليه كيدها وهو ينظر إليها بتقدير ثم نهض وجذبها برفق:

_أنهضي لترتاحي بغرفتك وسوف أعد لكِ الطعام بنفسي.

أعترضت بضعف:

_ لا يصح بكر، لقد أتيت لتوك متعب من عملك، أنا من سأحضر الطعام و..

قاطعها:

_أنظري لوجهك لتُدركِ من منا المريض.

لمعة نصر خاطفة ومضت گ البرق بعيناها وهو يجذبها لغرفتهما، فكرة بسنت نجحت هذه المرة أيضًا بأكثر مما توقعته، وها هي شغلته عن ابنته كما خططت، وهو يخبرها بتأجيل جلب الصغيرة للغد مراعاة لتعبها، تصنعت الحزن وداخلها ترقص فرحا، سوف تفوز بليلة أخرى معه دون مدللته اللّعينة.

ها هو يدس بفمها الطعام فتتجرع اهتمامه بنهم جائع، تطالعه بحب جارف لا تخطئه عيناه، أصرت أن تعد له الشاي ويجلسان بالشرفة، بعد أن استعادت حيويتها كاملة بقربه، مقتنصة معه سهرة أخرى كما أرادت، وهي تنال وصاله الدافيء گ مكافأة لها على اهتمامها الوهمي بمجيء سيلا.

***

أعرضت عنه بعبوس طفولي وهي تتخفى بغرفتها عند العمة ليلحق بكر بصغيرته الغاضبة.

_ معقول تغضبي من بكر حبيبك سيلا؟

ظلت ملامحها متذمرة ما جعله يبتسم بحنان وهو يلتقطها لتجلس فوق قدميه:

_حبيبتي، ماما حنان بالأمس كانت متعبة، لذا أجلت مجيئك لليوم كي تستعيد عافيتها، لم أقصد إخلاف وعدي لكِ.

بعين صافية رمقته بعتاب دون أن ترضى فحاول إغرائها:

_ ما رأيك أن نذهب لمكان ما وأشتري لكِ كل ما تطلبينه؟ وحين نعود سوف نسهر سويًا نشاهد فيديوهات والدتك ولن أتركك حتى تنامي.

بدأ وجهها يلين بابتسامة وقررت الصغيرة فرض شروطها كي ترضى عن أبيها:

_لي طلب أخر.

_ قولي ما تريدين؟

_ لا تُرسلني عند العمة هذا الأسبوع، لقد اشتقت غرفتي وأشياء والدتي، وأفتقد النوم على صدرك أبي.

نظر لها وضميره يؤنبه رغم أنها هي من انحازت لاقترح شقيقته ليقول:

_سيلا، لولا قبولك الذهاب مع العمة ما وافقت، وإن كان يضايقك المكوث لديها لا تذهبي حبيبتي.

كادت ان تقفز فرحا لرغبتها ألا تبتعد عنه، لتتذكر حديث العمة بشأن تركه بعض الوقت لتنال أخًا، ولأنه حلمها المنتظر قالت:

_ أنا أكون سعيدة عند عمّتي أبي ولا شيء يضايقني، والعم كرم يلعب معي أنا وعبد الرحمن، فقد أريد البقاء معك هذا الأسبوع لأني اشتقت إليك كثيرًا.

تنهد وهي يربت علي خدها:

_لن تذهبي لأسبوعان كاملان، لأعوضك عن غيابك ولعد لو أردتي سوف أرسلك للعمة من جديد.

واستطرد يدللها:

_أميرتي لازلت غاضبة من بكر؟

منحته ابتسامة بريئة:

_لم أعد كذلك بكورتي.

قهقهة وهو يدغدغها لتدوي أصداء ضحكاتها بمرح تاقه قلبه الذي نال اخيرا رضا أميرته، وعلى الفور أخذها ليفي بوعده ويشتري لها ما تريد قبل عودتهما للمنزل.

***

تتلوى داخلها ك أفعي سامة من حقدها، كلما حاولت إبعاده عن ابنته بالحيلّ والمكر الذي تحيكه وهو في غفلة، يقترب "بكر" أكثر لابنته، ويعود لطقوسه اللعينة معها فتحترق هي بغيرتها، لا تدري ماذا تفعل لتفسد تلك العلاقة بينهما.

_ أهدئي وماذا حدث ثانيًا؟ ألم نتخلص من ابنته أيام كل أسبوع؟ ما الّذي يُغضبك الأن حنان.

أخبرتها بغيظ:

_ الماكرة أضاعت تعبي بلحظة وهي تتظاهر بخصامه سيكون شرطها لترضى عنه ألا تذهب لعمتها أسبوعان، وها هي تكتم أنفاسي كما كانت، أرأيتِ خبثُها؟ مؤكد ورثته عن والدتها أجحمها الله أينما كانت.

_ لديكِ حق، تأثير تلك الصغيرة على أبيها خطير ولا يُستهان به.

ثم صمتت تفكر لحظات لتصيح بغتة:

_ هناك فكرة تُريحك منها بعض الوقت لتواصلي سيطرتك على بكر.

قالت بلهفة:

_ما هي بسنت؟

_ أنصتي لي.

وبدأت تقص عليها خطتها وحنان تتسع ابتسامتها تدريجيا تروقها فكرتها الصائبة التي لم تكن لتخطر لها على بال مهما فكرت.

***

بينما أمواج البحر تتلاطم وتتسابق نحو الشاطيء، تجلس سوسن وزوجها يراقبون سيلا وطفلهما وهما يشيدا بيت من الرمال ليغمغم كرم:

_لم أعد مرتاح لزوجة أخيكِ.

عقدت حاجبيها مستفسرة:

_حنان؟ لماذا كرم؟

استدار لها وبدا عليه الاهتمام:

_ألا تلاحظي ما يحدث سوسن؟ حنان تخترع الحجة تلو الأخرى لتُبعد سيلا عن بكر.

_ليس صحيحًا.

رمقها مليًا قبل أن يصارحها:

_تنكرين أنها صاحبة اقتراح مكوث سيلا معنا نصف الأسبوع؟

أعتراها التوتر وهي تُنكر:

_لم يحدث أنا منْ...

قاطعها:

_ أنتِ ماذا سوسن؟ إياكي والكذب، لقد سمعتُك قسرًا تُحدثيها في الهاتف وفهمت كل شيء.

ليصدمها بالحقيقة الجليّة له:

_أنتِ صرتِ أداة تحقق بها غرضها سوسن مستغلة لهفتكِ لحملها من أخيكِ، بينما فعلتي الشيء نفسه مع سيلا واستغليتي أمنية الصغيرة باخوة لتبقا معك، والمسكين بكر ينصاع لكما رغم عدم اقتناعه.

أطرقت دون رد تختبيء بعباءة بالصمت قبل أن ترفع رأسها تدافع بقوة كأنها تمحي عن كاهلها ذنبًا:

_وماذا لو كنتُ أساعدها بهدف نتوق له جميعا؟

غمغم ساخرا:

_الحمل أليس كذلك؟

احتقن وجهها لسخريته:

_كرم من فضلك لا تتحدث هكذا، أنا أحب أخي وأبحث له عن السعادة هو وابنته.

_ وهل بكر سعيد حقًا؟ أتحداكي إن كان كذلك وسيلا بعيدة عنه، تعرفين أنها بالنسبة له الهواء الذي يتنفسه، ومع هذا أجبرتيه يوافق أن تأخذيها بتلك برحلة المصيف أسبوعان ويظل مع زوجته.

_ أخبرتك أن كل همي صالحه وأني..

من جديد قاطعها:

_سوسن، أرجوكِ لا تكونِ الجدار الّذي يفصل أب عن ابنته، وسأقولها لكِ ثانيًا، زوجة أخيكِ ليست كما تحاول أن تظهر، أكاد أستشعر نوايا غير طيبة.

احتدت عليه:

_ ألا ترى أنك تبالغ كرم؟

هز رأسه مع نظرة أسفة:

_ليتني كذلك، اتمنى أن أكون مخطئًا بظنوني وريبتي تجاه حنان، لقد صرتُ أخشى على سيلا معها.

_ أستغفر الله كرم، إن بعض الظن إثم.

نظر لها ولم يجد ما بقوله فعاد بنطر نحو الصغار بشرود بينما غامت عيناها وقلق حقيقي تسرب داخلها بعد طرح زوجها لشكوكه، كيف وهي ما اختارتها لأخيها إلا لرؤية حبها لسيلا وأنها سوف تكون أمًا حقيقية لها؟ يا ويلها لو صدق ظن كرم، تدعوا الله ألا يحدث ما يجعلها تندم، فيعلم الله لا تريد لشقيقها وابنته غير السعادة والراحة.

***

بحرية راحت تشدوا وهي تتجول بالمنزل تعيد ترتيبه، تشعر أنها تتنفس بسعادة واقترابها من بكر يزداد وخطتها تسير على ما يرام، وها هي تنجح من جديد في إبعاد الصغيرة لفترة، بعد ان حاكت مكيدتها جيدا، اتسعت ابتسامتها وهي تتذكر ما قالته:

"أخبرني الطبيب أن فرصتي هذا الشهر في الحمل عالية، أحتاج فقط أسبوعان وأعدك قريبًا سوف تسمعي أخبار سارة سوسن"

تحولت ابتسامتها لضحكة نصر عالية، لقد طمئنها الطبيب فعليا أن حالتها تحسنت، وما عليها إلا الانتظار، توقفت عيناها عند طاولة جانبية أو بالأحرى على مايعلوها، لتبرق عيناها بنظرة بغض لهذا الحاسوب اللعين، ذاك الذي يبث لزوجها وابنته غريمتها صوت وصورة فتحترق هي بغيرتها وتتلوى بغلّها، گ المغيبة اقتربت وفضولها يدفعها لتري المحجوب عنها لتصطدم بكلمة سر تجهلها منعتها أختراقه، تكورت قبضتيها بغضب اشتد أكثر وأكثر، وصوت شيطانها يُحرضها لتُخرس هذا الصوت للأبد ولا يصدح شدوها بين أركان هذا المنزل ثانيا، سوف تهدم صرّح ذكراياتها لينمحي أثرها الأخير ويُدفن معها بمقبرة النسيان.

***

سخط شديد صار ينتابه حيال نفسه، كأنه بدأ سُلم تنازلاته دون أن يدري، غدى يتقبل أشياء كانت في الماضي بعرف المستحيل، فمن كان يخبره انه سيرضى ابتعاد ابنته عنه أسبوعان كاملان كان اتهمه بالخبل، لكن ها هو انقضى أسبوع كامل ولا يعلم لما ألحت سوسن لتأخذها معها برحلة مصيف، يشعر بالريبة وما يُعجزه وجعله يوافق أن طفلته استقبلت الأمر بفرحة تعجبها.

"سأخذ سيلا وابقا مع زوجتك، وأتعشم قريبًا نسمع أخبار تسُر القلب"

صدى جملة سوسن دوي في رأسه، لهفتها لإنجابه باتت تضايقه وتضغط عليه، يخاف ان تنفلت أعصابه وينهرها بقسوة ذات مرة بألا تتدخل، هو يريد اطفالًا لا ينكر، لكن لا يريد في المقابل حرمانه من صغيرته، تنهد وهو ينظر للأفق شاخصا ثم لملم اشياءه متوجه للبيت وبلحظة دخوله اخترق أذنيه.صوت ارتطام عنيف لشيء ما بغرفة سيلا، لا يعرف سر انقباض قلبه الشديد، هرول لتجحظ عيناه وحاسوب زوجته مُحطم أرضًا كأن شاحنة مرت عليه، أقترب بعين ذاهلة لأشلاء ذكراياته الغالية وهي مهشمة.

لا يعرف حين جثى على ركبتيه كان يجثو أم يسقط؟ كنز ذكراياته هو وزوجته الراحلة أضحى فُتات، لقد فقد ميراث ابنته الوحيد لوالدتها، صوتها ،ضحكاتها ،شدوها، مزاحها، حديثها الأخير قبل ولادتها والذي لم تسمعه سيلا بعد، مشفقًا عليها من شعور الحزن لوداع والدتها، كل شيء تركته سلسبيل انمحى أثره، أثمن وأهم ما لدى سيلا أصبح رمادًا، بل أثمن ما لديه هو ذاته، رغم زواجه من حنان ومحاولته العيش معها وسماحه لرغبات رجولته المكبوتة ان تتحرك، مازالت سلسبيل هي فقط حبيبته، هي شراب الجنة التي يطمع ان يتجرعه من يدها في الأخرة حين ينقضي أجله ذات يوم.

_حنان؟!

قالها صارخًا بغل مشتعل وهو يرميها بنظرة مخيفة عرت دواخلها أمامه، صُعقت من قسوة نظرته، فما بال الفعل؟

ابتعدت ترتجف خوفًا من بطشه، هو يعلم الأن، صار يرى وجهها الحقيقي، لن تُسعفها كذبة تُضلله بها تلك المرة، لن تُنقذها حيلة، لقد كُشف أمرها وانتهت، وجدته يلملم البقايا كأنه يلملم رُفات روحه من بين القطع، آملًا في إنقاذ ما يمكن إنقاذه، لولا هذا ما أفلتها من حريق غضبه المستعر، سوف يؤجله ويقسم لن يرحمها من عقابه حين يعود، رحل صافعا الباب خلفه لتتجرع ريقها بصعوبة تدور حولها بعين زائغة، سقط قناعها أمامه لن تخدعه بعد الأن، كيف سيعاقبها؟ سوف يتركها؟ كيف تعيش دونه وقد صار أنفاس صدرها، لن تسمح له، لن تفوز سلسبيل عليها وهي بقبرها، بكر لن يتركها، لن يفعل، ولأن صوت شيطانها يعذبها بشماتته ثارت وهاجت كأن مسها الجنون، راحت تُهشم كل ما تطالته يداها، لتجلس على طرف الفراش تلهث بقوة، ليست نادمة، ما كان يجب أن تترك أبواق ذكرياتها تتنفس.

***

"أستحلفك بالله حاول إصلاحه بأي ثمن"

تفهم الفني المتخصص رجاء بكر وهو يجيبه:

_صدقني سيدي لا أحتاج توصية، حالة "الهارد" متأثرة بشكل كبير وأعجز عن إصلاح الأمر.

ليردف الشاب:

لكن لي زميل أكثر براعة في تلك الأمور، سيعود بعد يومان من إجازته، أترك الحاسوب وأنا سأعرضه عليه.

دقت طبول الأمل في قلب بكر فصاح بلهفة:

حقًا يمكن أن يُصلح حاسوبي؟

أكد له الشاب:

_لن أجزم بشيء قبل أن يراه زميلي ويقيم وضعه، أنتظر ثلاثة أيام ثم عُد إلينا، وإن شاء الله نُحسن مساعدتك سيدي.

"أتدري أبي حين أسمع صوت أمي تُغني لي، وحين أراها تحدثني وتنظر لي كأنها تراني، أشعر أنها تعيش معي وحين أنام أرى أحلام جميلة هي بها"

"حين أكبر ويصبح لدي أطفالًا سأجعلهم يسمعون صوت أمي ليعرفوا كم كانت رائعة"

" أشكر أمي أنها تركت لي ما يُذكرني بها دائما"

يسير في طريقه بخطواته خدرها الوجع وروحًا مزقها الحزن، تتكتل بعيناه سحابات الدموع وصوت صغيرته ينساب عبر أثير ذاكرته يتذكّر ما قالته وهي تخبره كيف يعني لها صوت والدتها الذي تتشربه روحها البريئة كل ليلة، كأنه يحصنها من عتمة الكوابيس، ويمنحها عالم أحلام رائق يليق بطفلة مثلها، ماذا يقول لها حين تعود وتسأل عن إرث الذكرايات الثمين الذي تركته أمانه لديه؟ هل يخبرها أن المرأة التي تزوجها لتكن لها العوض هي من حرمتها منه وأفسدت إرثها عمدًا؟

أعتصر قبضتيه بقوة ونظراته تزداد قسوة لو بصرتها حنان لماتت هلعًا، أسرع خطاه ليُعجل بحسابها العسير، لن يرحمها، كما لم يعد لديها فرصة لتحيا معه بعد الأن.

قرار طلاقها صار أمرًا محسومًا لا جدال فيه.

الفصل الثامن

كومت جسدها بتجويف المقعد منتظرة عودته وتوقعات بائسة تطوف عقلها دون رحمة، هل يكون العنف مسلكه؟ أم طلاقها سيكون قراره؟ ما أتعسها لو فعل، هي تحبه بجنون وبقدر عشقها له تبغض ابنته وزوجته رغم رحيلها، انتفضت وصوت مزلاج الباب يُخبر عن وصوله وهلاكها الوشيك، جف حلقها برعب وهي تقرأ المسطور بنظرات نارية ترسل لها سهامِ غضبًا يكادُ يحرقها حرقًا، ستكذب، نعم هذا سبيلها الوحيد:

_كنت أنظف حوله وصدمته يدي فوقع الحاسوب رغمًا عني.

هكذا سقاها عقلها صوت صديقتها وهي تلقنها ما تقوله، ليشتد بها خيط رفيع من الشجاعة مع وقوفها لتواجهه:

_بكر صدقني لم أقصد أن...

صفعة أخرستها لتبتعد عنه بخوف مواصلا بملامح تضخ لها كرهًا:

_أنتِ شيطانة لا قلب لديكِ.

ابتلعت إهانته وتحملت ألم صفعته بصبر، فإن أنتهى الأمر بمجرد صفعة لا بأس وتكون شاكرة:

_ بكر لابد أن تصدق ما أقوله، أنا لا أكذب.

لتغافلها وقاحتها بقول أشد أحمق:

ثم ماذا جرى إذا انكسر مجرد حاسوب يمكن أن تبتاع لابنتك غيره؟ ولو على فيديوهات والدتها أظنُها شبعت من سماعهم حتى حفِظتهم واكتفت، لما كل هذا الغضب؟

تكدس الاستياء بتعابير وجهه ودني صوبها خطوتان ابتعدتهما بوجل منصتة لفحيح صوته:

_أتدري حنان؟ سعيد أن وجهك الحقيقي تجلى وسقط قناع طيبتك الزائفة، وها هي حقارتك تنضح من جوفك دون حذر.

صرخت عليه:

لستُ حقيرة بل أدافع عن حقي فيك بكر.

_ أي حق تتحدثين عنه؟ فيما قصرتُ معك؟ لم أقدم لكِ إلا الخير وفي المقابل دمرتي ما تبقى لابنتي من ذكريات والدتها الّتي لم تراها.

دافعت باستماتة:

_قلتُ لك لم أقصد، والحاسوب يمكن إصلاحه، أما نحن فأعدك أن...

قاطعها بأسف:

_لم يعد هناك نحن، فحين تنكسر الثقة لا تعود ابدًا.

ليغمغم بصوت يذبحه الألم:

_لم أندم على شيء في حياتي بقدر ندمي لسماحك أن تدخليها، أنتِ ذنبًا يجب التكفير عنه.

لتبرق عيناه بعزم:

_ وأعرف كيف السبيل لهذا.

شبح الفرقة الّذي لاح بعينه جعلها تفقد تعقلها وهي تثور كمن تدافع عن رمقها الاخير بالحياة:

_هذا ظلم بكر، أنت ظلمتني لم تُراعي مشاعري، حزنك على فقدان ما يخص زوجتك الأولي يذبحني غيرة، لماذا تحبها هكذا رغم أنها مجرد ماضٍ؟ وانا حاضرك ومستقبلك، أنا من تحبك ولا تشعر بي.

لتحاول الاقتراب إليه بعاطفة لم تتصنعها:

_صدقني بكر لن تجد امرأة تُحبك مثلي.

لم يؤثر به انهيارها وعاطفتها الكاذبة وقد تعرى شرها أمامه، الأن أدرك رجاسة أفعالها ودمامة وجهها، كم يخجل من سذاجته معها، كيف خدعته ليثق بها ويترك لها ابنته؟ هل امتد أذاها على صغيرته وهو غافل؟ هل فشل ليكون الأمير الذي تعهد بحماية السندريلا خاصته؟ هل تركها تواجهه ببراءتها دناسة روح تلك

المرأة؟ لن يكفيه ألف اعتذار ولا ركوع نادم ليكفر عن ذنبه لطفلته، لذا تجمرت عيناه وهو يرمقها بأكثر نظراته ازدراء:

_حنان أنتِ.

صرخت صرخة عالية قبل أن يُلقي يمين طلاقه لينتهي الحال بسقوطها فاقدة للوعي، ظل ينظر لها دون أن تتحرك به شعرة خوف، يتوقع انها حيلة لتحتال عليه، لكنه حين اقترب تأكد أنها لم تخدعه تلك المرة، إغماءتها كانت حقيقية، تمامًا كتلك النطفة التي تسكن أحشائها، فهذا ما أكده له الطبيب حين استعان به، لحظه العاثر تلك الشيطانة أصبحت حامل منه الأن.

***

"كيف حال زوجتك بكر ؟"

غمغم مقتضبًا بفتور:

_بخير.

تفهمت نقمته عليها بعد علمها ما صار لتحاول تهدئته:

_بكر، حاول أن تتسامح معها وتغفر ذلّتها، خاصتًا أن الحاسوب تم استعادة ما عليه ولم تفقد سيلا بشيء.

لتُبرر له:

_ربما اعمتها الغيرة أخي، ولا تنسي هرمونات الحمل أيضًا.

احتد عليها:

_انا لا أفهمك سوسن، هل الموضوع مجرد حاسوب تم استعادة ما عليه؟ أم الفعل ذاته؟ هذه المرأة تتعمدت إفساد ذكرى أم ابنتي دون حتى الشعور بالندم، هل المفترض أن أنسى وأعود كما كنتُ لأنها حامل؟ والله لولا حملها ما بقيت على ذمتي لحظة واحدة.

_ لكنها أقسمت لي أنها لم تقصد كسر الحاسوب.

هدر بضيق لسذاجة شقيقته:

كاذبة كما أدعت أنها تُحب ابنتي ورغم. هذا ألفت القصص لتُقصيها عني.

ليرمي شقيقته باتهام لائم:

_وانتِ عاونتيها سوسن، وانا الساذج بينكما لم أظن أبدًا أني لعبة بأيديكما.

صمتت يخنقها الشعور بالذنب وتتدفقت الدموع بعيناها تقول بدفاع ربما لن يُجدي:

_ما بغيتُ إلا سعادتك أنت وسيلا.

غمغم بحسرة:

_كنت حقًا سعيد قبل ما أن أتزوجها، ليتني ما أنصتْ لكِ.

ثم حدثها بحزم:

_ اسمعيني سوسن، من الأن وصاعدًا لا تتدخلي في أموري، دعيني أعيش كما أريد، أما هذه السيدة لم يتبقا لها معي إلا فرصة أخيرة، لو صدر منها أي خطأ أخر أقسم سوف أقذفها خارج حياتي دون رجعة.

لم تجد ما تقوله بعد حسم أمره معها، ويكفي شعورها بالذنب أنها كانت أداة بيد حنان لتبعد الصغيرة عن أبيها، هذا ما أدركته وتأسف منه، فلتدعه يدير حياته كما يريد، لن تتدخل بعد اليوم.

***

اسوأ ما يعيشه المرء أن يحيا حياته على حافة الخوف، خوف تخلي بكر عنها بعد أن منحها إنذار وفرصة أخيرة لتبقى زوجته إكرامًا للطفل القادم، يؤلمها فتوره الشديد نحوها وفي المقابل يهتم بصغيرته اكثر من ذي قبل كأنه يحميها من بطشها، بكر اضحى كاشفًا لنواياها، صارت مكبلة برصده وتحفزه لها وقد مرت أربعة أشهر وشعله غضبه لا تخبؤ يمطرها بسخط نظراته كلما رأها.

أجفلها رنين الهاتف لتجيب بصوت بائس:

مرحبًا بسنت كيف حالك؟

_ بخير، لم تُحدثيني منذ فترة.

تنهدت كمن فقد طعم الحياة:

_مزاجي ليس رائقًا للحديث.

_ أمازال بكر يتجاهلك؟

همست بنبرة يمزقها:

_نعم، يُهملني بينما يُكرث كل اهتمامه بابنته فقط.

أشفقت عليها:

_صبرًا حنان ، حين تلدي سوف يتغير الوضع.

لتلومها:

_ليتك أتبعتي نصائحي ولم تكشفي عن وجهك بتصرف أحمق، كدنا نسيطر علي بكر بخططنا لتحطمي كل جهودنا بغيرة حمقاء جعلته يترصدك.

أعترفت دون مراوغة:

_أعلم أني أخطأت بسنت، لكن أعذريني حين رأيت ذاك الحاسوب لعبت بي الخيالات، صدقيني أنا كنتُ أراى سلسبيل أمامي تتحداني أنها هنا وفي كل مكان، لأجدني أحطم الحاسوب وظني أني أحطمها هي.

تفهمت دواخلها:

_ ما صار قد ولى حنان، المهم أن الحمل أتى بصالحك، صدقيني حين يبصر بكر طفله سوف يتراجع اهتمامه بسيلا، ولن تكوني له إلا أمًا للطفل، حينها تجذبينه من جديد، لن يصمد كثيرًا.

_ أتظني هذا؟

بسنت بثقة:

_بالطبع وليس غير هذا.

غامت عيناها بأمل أقترن بحقد لا ينقطع:

_ أتطلع لهذا اليوم حين تصبح سيلا كمًا مهملا ويصير طفلي سيدها.

لتخبرها بأمنية:

_لما لا يعطيها لشقيقته تهتم بها؟

_ بالعكس ربما وجودها يفيدك ويحقق انتقامك كي تهدأ غيرتك.

عقدت حاجبيها:

_كيف؟

راحت تهمس لها بهمسات شيطانية، انساقت خلفها حنان دون تفكير، كأنها لم تتعلم مما مضى، لتوميء بنظرة خبيثة:

_ لديكِ حق، هذا ما سيُشفي غليلي.

***

_ سعيدة سيلا أن قريبا سوف يصبح لكِ أخًا؟

_ جدًا ماما حنان، أتوق لرؤيته من الأن.

هتفت بلهفة حقيقية:

_أنا مثلك أتطلع لهذا اليوم.

_ متى يأتي أخي؟

اخبرتها والمكر بدأ يغزل خيوطه برأسها:

_قريبًا حبيبتي لكن خائفة أن يحدث له مكروه في بطني ولا نراه.

تسرب القلق لنفس الصغيرة:

ولماذا يحدث هذا ماما حنان؟ أهو مريض؟

قالت بخوف زائف:

_ليس مريض، لكن المفروض ألا أبذل مجهود بشيء، مثلا لا أجلي الصحون، لا أرتب البيت، لا أنظف الأرض، بل أرتاح طيلة الوقت.

لتتنهد بخبث:

_لكن إن لم أفعل كل هذا، من يفعله بدلًا عني؟

صمتت الصغيرة تفكر لتهديها براءتها لتقول:

_أنا أساعدك ماما حنان وأفعل كل شيء.

_ حقًا سيلا؟ لكن كيف ولازلتي صغيرة حتى لا تطالي خوض المطبخ.. لا..أنسي الأمر.

سيلا بعناد:

لستُ صغيرة، ويمكن الاستعانة بمقعد صغير كي أطاله وأجلي الصحون، ويمكنني أيضًا استخدام المكنسة وحدي، فقط ستضعي لي طرفها في الكهرباء لأن أبي يحذرني من فعل هذا.

_ لكن أخاف أن تتعبي، لا، انسي سيلا لا أوافق.
_ لا تخافي ماما حنان لن أتعب.
تظاهرت بالرضوخ لها:
_حسنًا حبيبتي ما دمتي مصممة، لكن يظل أمر أخير يجب أن نتفق عليه.
_ ما هو؟
_ لا تخبري أبيكِ أنك تُساعديني، وإلا غضب مني وربما يضربُني فيموت أخيكي في بطني.
_ لن أخبره، سافعل كل شيء وهو خارج البيت.
برقت عيناها وهي ترمق الصغيرة بخبث تتوعد لها بالكثير من الاعباء، ستأخذ ثأرها بطريقتها وتذيق صغيرته ألوان الشقاء، علْ حقدها يهدأ.

***

أطلقت ضحكة راضية وهي تحدث صديقتها:
_أريد تقبيل رأسك على أفكارك بسنت، الأن فقط شعرت أنِ أخذ بثأري وابنة سلسبيل تتفاني بخدمتي، ولولا خوفي أن تحترق ويكشفني بكر لجعلتها تطهو الطعام، ومع هذا لا أرحمها وأجعلها تحضر هي كل شيء، أصبح لدي خادمة دون مقابل.
بسنت بفخر لما فعلته:
وبهذا أنتقمتي لنفسك من هجر بكر لكِ، وكلما منح ابنته الدلال تفنني أنتِ بتذويقها الشقاء.
غمغمت بحقد:
_هذا ما يحدث بالفعل.
واستطردت بعجالة:
_سوف أنهي المكالمة معك الأن، لأحضر لخادمتي ما ستفعله حين تعود من المدرسة لتُنجزه قبل عودة بكر.
جففت الصغيرة عرق جبينها وهي تجثو على ركبتيها تُنظف أرضية المطبخ بعد ان انتهيت من جلي الصحون والطناجر

الكبيرة، لتصيح عليها زوجة أبيها منادية، فتركت ما تفعله وذهبت إليها قائلة بتهذيب رغم إرهاقها:

_نعم ماما حنان تريدين شيء؟

نظرت لها بانتشاء لملابسها المبتلة المتسخة وقالت دون اكتراث وهي تمد لها شيء:

_نعم حبيبتي، ساعديني بوضع هذا "الأكلادور " على أظافر قدمي، فلا أستطع الضغط علي بطني وإلا تأذى أخيكي داخلها.

أطاعتها الصغيرة وأمسكت الزجاجة الملونة، وراحت تصبغ لها أظافر قدميها، وحنان تنظر لها من عليائها بكبرياء وجبروت يليق بخبثها، تهمس لذاتها بانتصار.

"ها هي سلسبيل صارت مجرد خادمة لدي، والقادم سوف يكون أشد سوادًا، وحين يأتي طفلي سيصبح سيدها وسيد الجميع، وبقدومه سوف أعيد بكر خاتم في إصبعي، فقط الصبر"

أنذرها الوقت بقرب قدومه فأمرتها برفق: _يكفي سيلا، هيا انهضي لتأخذي حمام وتبدلي ملابسك المبتلة بأخرى، ثم اذهبي لغرفتك ذاكري دورس اليوم.

راقبت ابتعادها راضية تمضي بمكرها دون أن يدري بكر ما تفعله، إن كان يغزل لصغيرته بساط الأحلام الوردية ويُلحفها بدفء حبه ليلا، هي تصنع لها في النهار جسرًا من جحيم الشقاء تلهث فوقه دون راحة، تسلب منها طفولتها، تُذيقها مرّ الذل دون أن تترك أثرًا يُخبر عن جريمتها.

***

"أعشق صوت أمي"

همستها الصغيرة متكئة بظهرها على صدر أبيها الّذي يداعب شعرها برفق ليميل يلثمها.

_سوف تصبحين مثلها حين تكبرين.

ابتسمت وهي ترفع وجهها البريء نحوه.

_ أخبرتني العمة سوسن أني أشبه أمي في كل شيء.

غمرها بنظرة حانية ودار بكفه على جانب وجهها:

_ هذا صحيح، أنتِ نسخة مصغرة منها.

ابتسمت من جديد وعادت تتكيء بظهرها داخل صدره ليحتضنها بذراعيه فتقول بعفوية.

_أريد الزواج برجل مثلك أبي.

ضحك وهو يقرص خدها المنتفخ.

لا أدري ستجدين من يشبهني أم لا، لكن ربما تحظين بزوج أفضل مني.

_ ليس هناك أفضل من بكر حبيبي.

قهقهة بسعادة نسمت على قلبه ثم استأنفا معًا سماع صوت سلسبيل ينساب وهي تغني، لتُسبل عين الصغيرة وتغرق بالنوم وبكر يريح رأسها فوق وسادتها لينغمس بذكراياته مع سلسبيله وهو يطالعها، لقد خاصمت أحلامه منذ فترة لا تزوره، يتسائل بحيرة لما هي غائبة؟ لما لا تمنحه حلمًا يطمئنه عليها؟ "أشتقتُك سلسبيل" همسها بصوت قلبه علها تسمعه وتُحقق أمنيته، بدأت جفونه ترتخي ويستسلم لقبضة النوم حتى سقط اسيرًا لسلطانه.

وهناك رآها تجلس على حافة نهر، جميلة كما عهدها، لكنها لا تبتسم، ترميه بنظرة عاتبة، يقترب خطوة ثم أخرى وكلما دنى تلألأ فيض دموع سلسبيله من عيناها ويسقط في النهر الذي تبين أنه يمتليء بدموعها فقط، كلما فاضت دموعها كلما ارتفع منسوب نهرها، يقترب وخطواته رغمًا عنه ثقيلة بالوَجَل، وعبراتها لا تزال تُزرف بنظرات تعاتبه تمزقه وتحرقه بجحيم الخوف والحيرة غافلًا عن سبب حزنها" أمي" ظهور ابنته خلفه أجفله وسلسبيل تمد كفها تدعو طفلتها لتقترب، ليصرخ بكر بفزع.

"لا تأخذيها سلسبيل..باللهِ لا تحرميني منها..أنا لا أعيش إلا لأجلها..ابتعدي سيلا لا تذهبي نحوها..ابتعدي حبيبتي"

صراخه كان مؤلمًا يشق قلبه ليتخطى حدود الحلم وينفذ لواقعه فيفيق بكر لاهثًا مشبعًا بأنفاس الفزع يبحث عن صغيرته التي كانت

غافية، غمسها بصدره يبكي بصمت، تململت الصغيري بوعي غائب ليخفف عناقه ويستعيذ من الشيطان كي يهدأ لكنه تجسد أمامه بهيئة حنان وهي تقتحم الغرفة:

_ ما بكَ بكر، سمعت صرختك من غرفتي.

نظر لها يصارع بقايا لهاثه قبل أن يترك فراش ابنته ويدفعها خارج الغرفة يحدثها بجمود بعد أن هدأ روعه:

_أظنني حذرتك أن تدخلي هذه الغرفة.

ابتلعت غصة ضيقها تصيح بحنق:

_وهل دخلت المسجد؟ الحق عليّ لأني خوفت عليك حين سمعت صراخك.

ثم أطلقت سخطها الباكي ودموع وجع لا تدعيه:

_إلي متى بكر ستظل منبوذة لديك؟ لازلتُ زوجتك.

غمغم ببرود:

_تعرفين جيدًا لماذا لازلتِ زوجتي.

_ أيًا كان السبب فأنا لي حقوق برقبتك، سوف يحاسبك الله لما تفعله بي.

تهكم بقوله:

_حقوق؟ أعتقد انك وافقتي على هذا الوضع، وإن كان لا يروقك فلننتهي منه في التو دون تأجيل.

نظرت له تستعطفه ويدها تتسلل لصدره بلمسات تحاول إغواءه:

_ أنا أحبك بكر وأحتاجك، لا تكن قاسي القلب معي، انسى ما مضى ودعنا نعود كما كنا.

دفع يدها عنه بقسوة:

_لن أنسى ولن اغفر ما فعلتِ، لا شيء يمكن أن يُعيد ما بيننا.

_ حتى طفلنا؟

همستها برجاء ليكرر جملتها بقسوة حاسمة.

_ حتى طفلنا.

ثم دنى لوجهها يضع نصب عيناها حقيقة أخرى.

_ وإياكِ تظني لحظة واحدة أن طفلنا يمكن ينسيني أبنتي ويأخد مكانها، سيلا لن يتزحزح عرشها في قلبي لو رزقني الله ألف طفل وطفل.

ثم بقوة دفع رأسها بإصبعه مع قوله:

ضعي هذا برأسك ولا تنسيه.

وتركها تستعر بجحيم حقدها دون مغيث، لتبرق عيناها ببريق مخيف ودموع متحجرة وهي تقسم بضميرها بصوت كفحيح شيطان:

_أعدك بكر في يوم من الأيام سوف أحرمك منها.

الفصل التاسع

شمسان وقمر.

هكذا كان شعوره وهو يتأمل تؤاميه بفرحة غامرة، لقد انجبت حنان طفلان وليس واحدًا كما ظن، عطية الرحمن السخية جعلته يسجد شكرًا داعيًا أن يكونا ذرية صالحة له وسندًا حقيقيًا لصغيرته التي لا تساعها الفرحة فتتقافز حولهما تدللهما بهمسات بريئة، وتعدهما بشراء أشياء جميلة لأجلهما، فرحتها كانت بلسمًا رطب على قلبه، اخيرًا حقق أمنية سيلا وصار لها إخوة تحبهم ويحبونها، ويومًا ما سيدللونها مثله، سيحرص على هذا جيدًا، سيلا هي أميرته ولن ينزع عرشها احدًا.

أما حنان كان تعبير وجهها لئيمًا تفكر كيف حالفها الحظ بأكثر مما توقعت، سيذوب غضب بكر منها ويعود إليها حتمًا، فقد صارت أمًا لطفليه وتعززت مكانتها، أما سلسبيل لن تكون إلا خادمة لها ولصغارها، هذا مقامها الحقيقي التي ستحرص عليه.

_ أريد حمل شقيقاي.

_ لا.

نفي قاطع صاحت به حنان.

_ليردعها بكر بنظرة زاجرة ثم برفق حدث صغيرته:

_لن تستطيعي حملهما معًا حبيبتي لأنهم صغارًا، مع الوقت سوف يكبرون وتفعلي ما تريدين.

ثم رمق زوجته متحديًا:

_ هما شقيقاكي ولن يمنعك أحدًا عنهما.

_ أقتربي سيلا.

دنت الصغيرة ملبية دعوة حنان وبكر يراقبها بتحفز.

_ قلت "لا " لنفس السبب الذي قاله أبيكِ، هما صغارًا وليس جيد أن تحمليهم الأن، لكن أعدك أن أعلمك كيف تفعلي حين أسترد عافيتي.

ثم قبلتها:

_ أعلم مقدار سعادتك بهما.

عبرت الصغيرة عن مشاعرها:

_سوف أطير فرحًا ماما حنان، لقد صار لي إخوة، وسوف أكون والدتهما الصغرى وأساعدك بلك ما يخصهما.

اخذتها حنان بعناق حاني ارتابه بكر، فلا يزال لا يأمن لها ويظنه لن يخجل، لتغادر الصغيرة الغرفة بامرًا من حنان لتحدث بكر.

_ إلى متى بكر؟

نظر لها بتساؤل لتستطرد:

_إلى متى ستظل تشك في كل ما أقوله؟

حدجها ساخرًا دون رد لتخبره بدموع التماسيح:

_بكر، أعلم أنك لن تثق بي بسهولة لكن يجب أن تُصدق أن الأمومة غيرتني، لم أعد تلك المتهورة التي تغار حد الجنون، لقد أهدانا الله هدية تجبرني أن أتغير حقًا، كل الذي يهمني الأن سعادة اولادي وسيلا شقيقة لهما وصارت مثلهم، صدقني لن أفرق بينهم.

_ وهل سأتركك أنا تُفرقين؟

قالها بحزم صارم ليواصل دون سخرية:

_أنصتي لي جيدًا حنان، ما قلتيه للتو جميل ورائع، لكن يظل الفعل هو الفيصل بيننا، لو لمست تغيرك حقًا سوف أعلم واصدقك، وإن صدقتك ستعود ثقتي بكِ كما كانت.

طالعته بنظرة احتياج ومضت بعيانها مع قولها:

_ أعدك أن أستعيد ثقتك.

لتعلن احتياجها دون تردد:

_ألن تعانقني بكر بيوم كهذا؟ اشتقت عناقك ورائحتك، أريد لمس فرحتك بطفلينا، لأجلهما عانقني.

نقل بصره بينها وبين صغاره ليشعر بالشفقة نحوها، يعلم ان هجره لها قاسيًا لكنه كان رحمة منه لبقائها بعد ما كان منها، همسة رجائها تزاحمت مع بريق الدموع بعيانها ليقترب ويمنحها عناقًا لم ينبع من قلبه ومع هذا منحه لها شفقةً لا أكثر، وليته رأى ومضة انتصارها الخبيث وهي تختبئ بصدره وهو يضمها، نظرة خلا منها كل خنوع وكل رجاء أظهرته له كذبًا لتخدعه، وها هي تنجح بخداعه، سوف تُقربه إليها دون أن يشعر.

اقتحام سوسن الغرفة جعله يبتعد ليستقبل شقيقته التي راحت تزغرد فرحًا بمجيء صغار بكر، املها الذي تحقق، أخيها وابنته صار لهما عزوة وسند في الحياة، بصفاء نية رغبةً في فتح صفحة جديدة، هنأت حنان ودعت أن يجعلهما ذرية صالحة وبداية للجميع بنسيان الماضي، فالمستقبل يمد أياديه داعيًا للغفران والمسامحة، فيفعلا ويعيشا بسلام.

***

ما كانت تظنه حنان عقابًا وذُلًا تمارسه عليها ليل نهار بعيدًا عن أنظار بكر، كان للصغيرة بمسابة أمومة مبكرة مارستها بكل حب وإخلاص لشقيقاها الّذان يكبُران يوم بعد يوم وما أسرع عجلة الأيام، الليلة ستفصل بين عام وأخر، لتغمر سيلا سعادة طاغية وهي تشارك أبيها بهدية مميزة للتوأم.

_ مروان ومحمود سوف يفرحان كثيرًا أبي حين يعلما هديتنا.

وافقها أبيها مبتسمًا:

_الأهم أننا سوف نُرحم من شجار كل يوم علي نفس التابلت، سوف ينال كلا منهما الليلة تابلت جديد يخصه وحده.

ثم جذب سيلا لتجلس على قدميه يقول:

_والفضل لاقتراح أميرتي.

أعترضت وهي تبتعد عنه:

_أبي لقد كبرت ولم أعد صغيرة لتحملني فوق قدميك.

رفع حاجبيه ساخرً:
_كبرتي؟ لم يخبرني أحدًا.
تذمرت:
_لا تسخر أبي، نعم كبرت وسوف اكمل ستة عشرْ عامًا بعد شهر.
قرص خدها برفق:
_ أكبري كما تشائين ستظلي طفلة أبيكِ المفضلة وروح قلبه.
ابتسمت وقبلت خديه وهي تخاطبه بدلالها المعهود:
_وأنتَ القلبُ ذاته بكورتي.
_ أنا من سيطفيء الشمع أولًا.
_ بل أنا من سيفعلها قبلك.
وصل لسمعهما صوت شجار الصغيران لتترك سيلا قدمي أبيها متهكمة:
_سوف أتفقد هذان المعتوهان الّذان يتشاجرا دون هدف لمجرد الشجار.
قهقهة بكر لمزحتها وأخبرها لتأتي بهما، نظر لهما بكر بلوم مصطنع:
_ألن تكفّا عن العبث وإزعاجنا حتى بيوم عيد ميلادكما مروان أنت ومحمود؟
دافع مروان:
_أنا أكبر منه أبي ببضع دقائق، هكذا أخبرتني أمي.
ليعترض محمود:
_نحن متشابهان، ربما أخطأت والدتنا بهذا الأمر، لقد كانت غافية حينها ولا تدري شيء.
_ لا تتحايل محمود، أمي كانت متيقظة حين أنجبتنا وتدري من أتى قبل الأخر.
واصلا الجدال وعدوانية مروان برزت أكثر بما يناسب طبعه الذي ورثه عن والدته وكاد يضرب أخيه، لينهره بكر بحدة:

مروان، ستضرب أخيك أمامي؟
ثم أمره بصرامة:
_ أعتذر له وإلا سوف ألغي حفلكما وان تأخذا الهدايا، غير أن سيلا وأنا لن نحدثكما.
_ لماذا تصرخ علي مروان بكر؟
هكذا أتت حنان معترضة ليخبرها ببرود:
_لأنه كاد يضرب أخيه وإن لم يعتذر سوف يُعاقب ويُحرم من هديته.
نفت فعل طفلها:
_مروان لا يمكن أن يضرب أخيه.
ثم حدثت صغيرها برفق:
_أليس كذلك مروانة؟ محمود أخيك وحبيبك الّذي تلعب معه.
هتف مروان بفظاظة:
_لكنه غبي ويغظني من الصباح، أنا أكبر منه وهو لا يصدق.
نظر لها بكر بتحفز يرصد رد فعلها وهي تعاتب صغيرها:
_له يصح ما تقوله مروان هكذا سوف أغضب منك أنا الأخرى.
لتستطرد:
_حتى لو كنت أكبر من أخيك لكنكم جئتما بنفس اليوم، وسوف تطفئوا الشمع سويًا.
تردد مروان وهو بنظر لوالدته لتكون بادرة الصلح من محمود كعهده:
حسنًا مروان، أطفي أنتَ الشمع قبلي، لا أريد إغضاب أمي وأبي وسيلا منّا.
ابتسمت الأخيرة التي تميل رغما عنها لمحمود لأنه يشبه أبيها بصفاته الحانية، لتجثوا تفتح له ذراعيها مبتسمة ليندفع محمود نحوها فتكافئه بكلمات مشجعة وعناق رقيق، فتلمح غيرة مروان وهو يرمقهما لتُشرع ذراعها الأخر تدعوه بحنان:
_من أيضًا سيعانق حبيبته سيلا؟

ولأنه يحب شقيقته اندفع نحوها دون تردد ينغنس بصدرها، فسيلا بالنسبة للتوأمان أمًا صغيرة، هكذا يعتبرونها.

لتلفح الغيرة والحقد نفس حنان وهي ترى كم صغارها يحبونها ولا يقدران على مخالفتها أو إغضابها، هي الوحيدة التي تستطع ترويض شراسة مروان الذي يشبهها ليكون هو الأقرب لقلبها عن أخيه، أما بكر فكان أكثر من راضيًا لعلاقة ابنته بأخويها، هذا ما تمناه وها هو يحصده.

***

فرغت سيلا من تجهيز الصغار وتوجهت لغرفتها تستعد هي الأخرى، ليطرقا بابها قبل أن يدخلا يخبئون شيئًا خلف ظهريهما فيبادر مروان:

_أغمضي عيناكِ سيلا.

محمود محذرا:

_لا تفتحيها قبل أن نقول لكِ.

رغم تعجبها أنصاعت لهما مغمضة عيناها فأخبراها بعد برهة قصيرة بصياح موحد: _أفتحي عيناكِ.

لتشهق وهي ترى ثوبًا رائعًا فوق فراشها، ومعه حذاء عالي الكعبين لم ترتدي مثله من قبل، التقطته هاتفة بسعادة:

_هذا الثوب والحذاء الّذي أعجبني الأسبوع الماضي حين كنت مع أبي.

_ وها هم شقيقاكي أبتاعهم من مصروفهم لأجلك.

قالها بكر من خلف الصغار المتفاخرين بصنيعهما، لتعانقهما شاكرة:

_ شكرًا حبيباي القلب، راقتني كثيرًا الهدية، ما حرمني الله منكما،

_ وبكر حبيبك ليس له دعوة؟

قالها بغيرة مشاكسًا إياها لتضحك وتعانقه وهي تخبره أنه أميرها الذي لن ينازعه في قلبها أحدًا.

ارتدت الثوب وحذائه الذي أطال قامتها بكعبه الطويل، بينما تركت شعرها الطويل منسابًا على ظهرها فكانت شديدة الجمال لكل من رآها، لقد غدت سيلا فتاة تغادر عهد الطفولة وتخطوا خطواتها الخجولة بعالم الأنوثة، غمرها بكر بنظرة تفيض حبًا وحنان وفخر، صغيرته أضحت نسخة مصغرة من سلسبيل والدتها، كلما وقعت عينه عليها شعر بوجود زوجته الراحلة حوله، خاصتًا أنها ورثت حلاوة شدوها تمامًا مثلها، تحمل نفس تقاسيم وجهها البريء، عيناها التي اختزلت الليل بسوادهما ليبرز بياض بشرتها الصافية أكثر، ولم يدري أن كل هذا كان يؤجج غيرة حنان أكثر وغريمتها سلسبيل تتجسد أمامها في ابنتها كلما كبرت، كم تود لو أحرقت وجهها فلا تكون جميلة مثلها، بل تتوق سلبها الحياة ذاتِها فلا تعود تراها، رغبة مخيفة لكنها تلقى صدى في نفسها، ماذا لو تخلصت منها حقًا؟ الفكرة تختمر برأسها وتتضاعف حتى احتلت عقلها بأكمله وسيطرت عليها.

***

بدهشة حقيقة أعربت بسنت عبر الهاتف عن استنكارها لرغبة رفيقتها:

_ وصل تهورك لهذا الحد؟ تريدين التخلص من سيلا؟

غمغمت حنان بعزم تملكها منذ الأمس وبنبرة مُشربة بالحقد:

_نعم، لم أعد قادرة على رؤيتها أمامي، كلما رأيتها لا أجد إلا سلسبيل الّتي يعشقها زوجي رغم موتها، لابد من التخلص منها للأبد، ويجب أن تُساعديني.

_ حسنًا وضحي ما تريدينه أكثر، هل تقصدين أذيتها جسديًا أم تقصدين..

_ بل أريد موتها، الحياة لم تعد تحتملنا معًا بعد الأن.

هكذا قاطعتها ملقية رغبتها الشيطانية لتعترف بسنت داخلها أنها أُجفَلت من قسوة صديقتها تلك المرة، لقد ساء وضعها وأصبحت على حافة الجنون بالفعل:

_ حنان ألا تدري أن تهورك زاد هذه المرة ووصل حد الجنون؟ ألا تخشي العواقب؟ أنتِ سوف تكونين أول من يشك فيه زوجك بكر.

_ لن يعلم، ولهذا أريد عونك بخطة تُخلصنا منها دون ترك أي أثر يدل علينا.

لتستطرد:

_أخبرتيني ذات مرة أن لمِ قريبًا كان في السجن، أليس كذلك.

بسنت:

_ نعم، لكن لا أعرف هل يُحسن مساعدتنا أم لا.

_ حين يعلم أنه سوف يستفيد ماديًا لن يرفض.

لتغريها أكثر:

_حتى أنتِ بسنت سأعطيكِ مقابل مساعدتك، فقط خلصيني من تلك اللّعينة بأسرع وقت.

سال لعاب طمعها لتقول بعد أن تقبلت المبدأ:

_أتركيني يومان تواصل مع قريبي لنري ما سنفعله.

لمعت عين حنان بحماس وصديقتها وافقت على مساعدتها وتنفيذ رغبتها، قريبًا، قريبًا جدا سوف تُرسل سيلا لغياهب القبور لتلقى والدتها بالجحيم.

***

أنين سلسبيل بأحلامه تلك الليلة و نهرها الّذي يفيض بزخات دموعها أقلق مضجعه، فاق لاهثًا يلتقط أنفاسه المتلاحقة وقبضة تعتصر قلبه عصرًا، نهض يتفقد صغيرته بغرفتها فوجدها نائمة بوداعة، تنهد ونظراته الخائفة تطول علي وجه ابنته ثم بدأ يرتل بأذنيها بعض آيات القرءان كي يُحصنها من كل شر خفي لا يعلمه إلا الله، ثم مال طابعًا قبلة رقيقة فوق جبينها وتركها ليجلس بالشرفة بعد أن جفاه النوم.

أما حنان فكانت في أكثر حالاتها هدوء وسعادة، ما تحيكه للصغيرة يمضي في سلاسة عجيبة، ساعات وتتخلص منها للأبد،

اليوم سوف تبيع ذهبها لتمنح باقي النقود المتفق عليها لبسنت والرجل الذي سوف يتولى أمر سيلا، ستأخذ كل الحيطة كي لا تترك أثرًا يوصمها بشيء.

"سوف أخذ التؤام لنقضي اليوم مع أمي بكر"

هكذا رتبت لبقاء صغارها بعيدًا حتى تنتهي هي من مهمتها دون قلق تركهم وحدهما، فاليوم سيكون مثيرًا وعصيبًا على أبيهم ولن يهتم بهما أحدًا، فليظلوا عند والدتها ترعاهما حتى تعود وتأخذهما، توجهت لبيع الذهب ومن ثَمَ لمنزل بسنت تنتظر معها خبر اليقين الذي تتوق لسماعه.

بلمعة جشع راحت تُحصي النقود ثم وضعتها في مكان أمن بغرفتها وعادت لتلك الّتي تفرك أصابعها بتوتر لتطمئنها بسنت:

_أهدأي، ساعة بالكثير وتغادر سيلا المدرسة ويقوم رجُلَنا بمهمة الأصطدام بها ولن يتركها حتى يتأكد من موتها.

_ المهم ألا يترك أثرًا خلفه.

_ لا تخافي، لن يفعل حتى لا يُزج في السجن قبلنا.

ساد بينهما صمت ترقب ثقيل لتهتف بسنت:

:حنان، مستعدة لمؤازرة بكر؟ اليوم لن يكون هين عليه، ويحب أن تظري له حزنًا يجعله يصدقك.

ابتسمت وعيناها تبرق بخبث:

_أطمئني، سوف أشعره أن من ماتت هي ابنتي وليست ابنته.

لتُطلق ضحكة كأنها نبعت من فم شيطان وهي تتخيل القادم وكيف ستروق لها الحياة بعد موت سيلا.

***

"حاضر أبي، لن أغادر المدرسة قبل مجيئك، سوف أنتظر عند البوابة حتى قدومك، مرتاح الأن؟"

لتستطرد مازحة:

_لكن عقابًا لك على اتصالات الكثير اليوم، سوف تشتري لي رواية جديدة بطريق عودتنا.

لم يبتسم لمزحتها عبر الهاتف، حلم الأمس يسيطر عليه ويؤرق قلبه، يستشعر كأن أحدهم يوجه له طعنة خفية يعجز عن ردعها، فمن السهل أن تتفادى ضربة خِنجرًا تراه بعيناك وتنجو بنفسك من نصله، بينما يستحيل تفاديه حين يأتي من خلفك غدرًا، لذا تحاول روح سلسبيل تحذيره، لكن مما تحذره؟ ما الّذي سيحدث؟ لما لا تعطيه إشارة أكثر وضوحًا ليفهم؟

وبذات اللحظة الّتي يصارع بكر مخاوفه كان أحدهم يستعد لينطلق ملثم الوجه يختفي بخوذته قاصدًا تنفيذ مهمته بنجاح لينال باقي حقه، تلك مهمات أعتاد مثلها وقلّما أخفق بها، أصدرت عجلاته صريرًا ثم انطلق يشق الهواء في طريقه للهدف المنشود.

أدار بكر سيارته وأسرع حيث تنتظره سيلا ولا يزال قلبه تنهشه مخالب الخوف المبهم، أما توأمه فيطمئن عليهما، هما بصحبة حنان ووالدتها الأن، لا شيء يستدعي قلقه حيالهم، كاد يبلغ مقصده ليصدح رنين هاتفه بغتة برقم غريب، انقباضة أصابته وهو يجيب ليصدق حدسه ما أن وصله صوت المتصل يخبره بما روع قلبه فأظلمت الدنيا أمام عيناه متوقفًا بسيارته بأخر ما تبقا له من قوة، وبنظرات زائغة تلفت حوله كأنه يتأكد أن ما سمعه للتو حقيقة وأنه لا يحيا الأن كابوسًا مفزعًا، كابوس كان يخافه وها هو يتحقق.

الفصل الأخير

كأنها تتقلب على جمر منتظرة إتصال مأجورهم بأن مهمته تمت كما تتمنى.

_ رجُلَنا تأخر اتصاله كثيرًا.

بسنت وهي تحاول تهدئتها:

_أهدئي، حتمًا سوف يهاتفنا بين لحظة وأخرى.

حاولت ترويض توترها ناهبة الأرض مجيئًا وإياب، لتجحظ عيناها فجأة وأسم سيلا يضوي مع رنين هاتفها، زلزلها الخوف وهي تشير بنبرة مذعورة:

_بسنت، انظري من يتصل!

انتاب الأخيرة الذهول لتتدارك الأمر بثبات قائلة:

_ربما حدث المراد وأحدهم يتصل يُخبر عن وفاتها.

رغمًا عنها أهتز كفها وهي تجيب بصوت متحشرج بالكاد يصدر منها:

_سيلا؟!

انتظرت لحظات على أمل سماع صوت أخر يخبرها أن صاحبة الهاتف تعرضت لحادث وفاضت روحها، لكن تحطمت كل أمالها وصوت سيلا ذاتِها يخترق أذنيها تناديها باكية:

_ماما حنان.

صوتها أورثها الصدمة وبكائها أضرم في قلبها نيران القلق لتصرخ عليها:

_ما الّذي صار؟

لتُسقيها الفاجعة بكلمات طعنتها ألف طعنة وطعنة مع كل كلمة وحرف نطقت به الصغيرة.

_ أخي مروان صدمته سيارة أثناء لهوه هو ومحمود أسفل بناية الجدة، أسرعي ماما حنان أخي يموت وأبي تركني مع محمود وذهب إليه.

كتمثال خالي الروح تجمدت حنان والهاتف يتسرب من بين يديها كما تنسل روحها من جسدها الأن، تستفسر بسنت عما جرى فلا تجد جوابًا، حتى ذاب جليد جمود صدمتها لتُطلق من جوفها صرخة شطرت القلب وهزت الجدران حولها، لتتسع عين بسنت بذهول لا تصدق ما صرخت به حنان التي هرولت كالمجنونة تلحق بأبنها قبل أن يلفظ أنفاسه الأخيرة.

***

_أين طفلي مروان؟ طفلي لن يموت.

_أخبرت ذاك الرجل بقتل سيلا وليس طفلي

_ وحدها من تستحق الموت.

_مروان لن يموت

_ لن يتركني اتحسر عليه بقية العمر وأبكي دمًا.

هذيانها فاقد العقل كان صدمته الكبرى، الطعنة التي استشعرها طيلة الوقت جاهلًا مصدرها، ليكتشف أنها نبعت من عُقر داره، الغدر كان ممن آواها وسلمها اسمه وحياته، هل دبرت لقتل ابنته؟! هل خططت اللّعينة لتحرمه منها للأبد؟ أهذا ما كانت تحذره منه روح سلسبيل كل ليلة ودموعها تنساب بالنهر وهو لم يفهم؟ عقله لا يصدق.

تحررت قدماه واندفع نحوها يهز كتفيها بقسوة صارخًا:

_ما الّذي تقولينه؟ اوصل بكِ الحقد لتتخلصي من ابنتي؟ كيف هان عليكِ فعلها؟ كيف لم أشعر أنك حيّة تنظر الفرصة لتنفث سمْها في قطعة قلبي.

بدت حنان كأنها فقدت إدراكها لا تعي ما يقوله بكر لها، مواصلة هذيانها الفاضح بعد أن كشف الله عنها سِتره وتعرت روحها القبيحة:

_ ما خططت إلا لقتل سيلا حتي تُحبني أنا وطفلاي، حتى تنسى سلسبيل التي تراها بابنتك كل لحظة، هي من يجب ان تموت وليس ابني، مروان لن يترك أمه، صغيري لن يفعلها.

أنطلق سيل صفعاته على وجهها كالرصاص دون أن يعي ما يفعله وهو يصرخ عليها ويسبُها، ووالدتها تبكي بخزي هي الأخرى لا تصدق ما وصل إليه حال ابنتها، تدخل البعض ليوقف اعتداء بكر عليها والأخير يلهث بانفعال يحاول استيعاب حقارتها، لينهار جاثيًا على الأرض يبكي بكاء رجل يتمزق وجعًا وقهر، ولا يدري أيهم يبكي أكثر، على صغيره مروان الذي يصارع الموت الأن ولا يعلم هل سوف ينجو أم لا، أم يبكي صغيرته التي جلب لها حية رقطاء تعيش معها وهي تترصد الفرصة لتلتف حول عنقها وتقتلها، أم يبكي غبائه لأنه لم يفهم رسائل روح سلسبيل التي كانت تخبره أن ابنتهما في خطر.

كان يبكي ويصدم رأسه في الجدار كأنه يعاقب نفسه على حماقته، أما هي فواصلت هذيانها وهي تُفصح بالمزيد:

_ بسنت وعدتني ان تُخلصني منها، أعطيتها نقود كثيرة هي وقريبها ليفعلان، يجب أن يُخلصاني من سيلا للأبد ويعيش طفلي.

هنا رفع بكر وجهه نحوها بعين اشتعلت گجمرة نار مخيفة، غير عابيء لدمائه التي سالت من رأسه وهو يصدمها بالجدار ونهض يختطف هاتفها ليتتبع دليل يُدين به فظاعة فعلها هي ومن عاونها، لن يرحم أحدًا حاول أذية صغيرته، لن يرحم.

***

"إذًا تتهم زوجتك وصديقتها ورجل أخر بالشروع في قتل ابنتك" بنظرة ثلجية لا يتخللها شفقة قال:

_نعم، وهذا الدليل.

ومد يده بالهاتف يعطيه تسجيلات صوتيه للثلاث تُثبت كيف دبروا الأمر منذ بدايته، ليستطرد:

_ولو اسرعت بالقبض على بسنت حتمًا سوف تجد المزيد من الأدلة، لذا اترجاك أن تتحرك سريعًا قبل ان تتخلص مما يُدينها.

ليهمس بكر بألم:

_ أريد كل من حاول حرماني من ابنتي أن يُعاقب بالقانون ويقتص لي.

تعاطف الضابط مع وجعه وتفهم لهفته لتحقيق العدالة، ودون تردد أمر بإستدعاء زوجته ورفيقتها والرجل الّذي عاونهم ليمثُلوا أمامه بتهمة التحريض على القتل.

***

لم تكن تكترث لقضبان أو حتى تعي أنها مقيدة جدرانه، فعقلها كان غائبًا وروحها لم تكن معها، كانت هناك مع صغيرها الذي لا تدري عنه شيء منذ باغتها أحد أفراد الشرطة وجذبها بعيدًا رغم صراخها لتبقى قربه، لا تدري هل لازال على قيد الحياة أم رحل وتركها؟ بكر لا يسأل عنها منذ أن شيعها بنظرة مُزدرية وهم يجرونها كالشاه ويقحموها بالسيارة، هل أوقفها حينها وصرخ عليها بيمين الطلاق؟ يبدو أنها تذكرت الأن، أكثر ما كانت تخشاه أن يتركها وها هو فعل.

ضحكت حنان ضحكات مغموسة بالبكاء وما أصعب شعور الخسارة الّتي ربما تقودك للجنون، تعلوا الضحكات وتنزف العين دمعًا بمذاق الدماء، فتراقبها بسنت التي تجاورها بذات الزنزانة تمطرها بسيول الحقد والسخط، ليتها ما عاونتها بجريمتها، بل ليتها تخلصت من كل ما يدينها قبل أن تتطور الأمور، أخطأت تلك المرة بتقدير العواقب ولم تقرأها مسبقًا.

وها هي سوف تتعفن بالسجن سنوات ويضيع شبابها، ضحكات حنان لاتزال تعلوا وهي تهذي بجنون:

_طلقني زوجي وخسرت كل شيء.

_ سلسبيل وابنتها هما من فازا عليّ فازت بسنت.

_و ربما فقدت طفلي مروان ولن أرى محمود ثانيًا.

_وسيلا تتمتع بحب أبيها ودلاله وأنا هنا أتسول سؤاله وأترجى رؤيته.

همسات الشفقة ندت من شفاه بعض النساء بذات الزنزانة مدركون بخبراتهم أن تلك السيدة صارت على حافة الجنون، وربما بلغتها وانتهى الأمر.

***

عناية الله لم تترك صغيره يصارع الموت، بعد فترة عصيبة كانت مؤشراته لا تبشر بخير والأطباء يهيئونه طيلة الوقت لموته، رحمة الله كانت لها كلمة أخرى، ترفق به ونجى طفله الذي سيترك له الحادث بعض العرج والندوب، لكنه لن يتقاعص عن معالجته بكل ما يملك حتى يعود مروان كما كان.

ربتة حانية جعلته يلتفت لشقيقته التي قالت:

_حمدًا لله بكر، مروان تخطى مرحلة الخطر.

أومأ وهو يعود لينظر لصغيره الغافي يراقب أنفاسه كأنه يطمئن أنه لا يزال هنا، فتهمس له سوسن:

_بماذا سوف تُبرر غياب حنان عن أولادها؟

قست نظراته لمجرد ذكر أسمها وهو يكشف عن قرار يظنه الأصوب لمصلحة الجميع: _أنقضى أجلها.

شهقت رغمًا عنها لقسوة قراره وحكمه عليها بالموت وهو يسترسل بصوت ينافس برودة الثلج:

_ما ظل لها عندي إلا منفى، سوف أشيد لها قبرًا يزورونه ويكفي تركهم يدعون لها برحمة لا تستحقها.

صمتت وكيف لا تتفهم دوافعه لقرار كهذا؟ لذا لم تُجادله لكنها تسائلت:

_هل ستحكي لسيلا أنها حاولت قتلها؟

_لن أفعل، ليس مروءة مني لكني أشفق على صغيرتي بحقيقة كهذه، لا أريدها أن تُصدم وتهتز ثقتها بالعالم، فلتبقا حنان مجرد ذكرى في نفوسهم، والله ليس غافلًا عما تستحقه.

ربتت علي كتفه تدعمه:

_ أصبت أخي، فلتترك لهم ذكراها دون شائبة، تظل والدتهم رغم كل شيء.

لم يعلق مكتفيًا بإيماءة صامتة وعيناه لا تحيد عن صغيره، لتهمس له:

_ بكر، أعلم أنك غارقًا بلوم ذاتك لذا أترجاك ترفق بنفسك فلم تكن تعلم لأي مدى وصلت نواياها.

واستطردت:

_وها هي طيبتك ونقاء سيلا تغلبوا على شرها، اقتص لكما الله من الجميع، حنان ورفيقتها سيقضيان أعوام في السجن ويضيع شبابهم بين قضبانه، وحتى الراجل الّذي عاونهم قضى نحبه بحادث وهو في طريقه لتنفيذ جريمته ليلقى الله بإثمه العظيم.

لتكمل بوجل:

_ قصاص الله لا يترك ظالمًا دون جزاء، فلتستكين روحك أخي وتهدأ وتولي كل طاقتك برعاية صغارك.

هز رأسه وعيناه ترتشف قطرات دموعه الحبيسة، شقيقته محقة، لن يضيع عمره ندمًا على ما ولى، بل سوف يهتم بصغاره ويُكبرهم ويشكر ربه ليل نهار على كرمه وعطاءه، لم يعد هناك ما يخيفه، ولن تأتيه سلسبيل عاتبة وتبكي بعد الأن، سوف ترتاح روحها ويسودها السلام في برزخها.

***

عبرت للزنزانة فتاة تشبهها، لا..بل هي..سيلا.

لقد أتتها دون عناء..لا تحتاج لمكيدة لتتخلص منها، ستفعل الأن بعد أن ولجت أرضها، أقتربت وعيناها تُرسل للفتاة سهام بغض مخيف، كفيها تمتد لعنقها كأنهما مخالب جارحة، الفتاة تصرخ..تئن.. تختنق..شبح الموت يحوم حولها..لم يبقى الكثير لتُزهق أنفاسها فينقذها ضربة رأس جعلت حنان تترنح محررة الفتاة التي راحت تسعل بشدة.

_ هذه السيدة المخبولة صارت خطرًا علينا، كادت تقتل فتاة لا تعرفها.

هكذا صاحت إحدى المسجونات.

لتتجاهل حنان صياحها وهي تعود وتثب بشراسة نحو الفتاة التي تظنها سيلا وتصيح بجنون:

_سوف أقتُلك سيلا، لن يُخلصكِ أحدًا مني.

فيتصدى لها بعض المسجونات يصرخون أن يأتي أحدهم ليفصل تلك المختلة عن زنزانتهم، وبالفحص النفسي تبين بالفعل خلل عقل حنان وخطر وجودها بينهم، ليصدر قرار بإيداعها في مستشفى الأمراض العقلية تتلقى علاجًا.

أما بسنت لم تحزن لفراقها بل امتلأت التشفي نحوها تُحملها ذنب ما وصلت إليه، لا تعترف داخلها بذنب، ليكون مصيرها شبابًا يتسرب منها يومًا بعد يوم خلف القضبان، تذوق الذل وتغرق في الجحيم على يد من هُنّ أقدمُ منها وأكثر خبرة فتصير لهنّ خادمة مُحتقرة بعد أن أُحيطوا علمًا بجريمتها النكراء.

***

محياها المُتورد الخجول أخبره أنها تريد قول شيء، ما جعله ينظر لها بنظرات ثاقبة، ليبتسم وهو يجذبها لتجلس على قدميه كعادته معها، لتعترض بجدية تلك المرة:

_ماذا تفعل أبي؟ ألا تعلم كم صار وزني الأن؟

شاكسها:

_ مائة كيلو؟

شهقت بذعر:

_ ماذا؟ هل تراني فيل أبي؟ سامحك الله حطمت ثقتي بنفسي.

قهقهة وهو يحاول استرضائها:

_أمزح أميرتي، أنت بنظري مثل الغزالة، مثالية.

ثم حدثها برفق:

_والأن أخبريني ما تودين قوله؟

تخضب وجهها بالحمرة من جديد:

_أنا؟ لا أريد قول شيء.

قرص خدها:

_ لا تكذبي على أبيكِ.

ابتعدت بتوتر تخبره قبل أن تختفي بحجرتها:

_العمة سوسن سوف تخبرك.

لتأتي الأخيرة مغادرة المطبخ تحمل صحن فواكه وضعته أمامه وهي تضحك:

_صغيرتك كبُرت بكر.

ليتهتف مازحاً:

_حقًا؟ لم أكن أعلم.

رمقته بخبث:

_ أقصد أنها أضحت عروس.

عقد حاجبيه بتوجس:

_عروس؟

_نعم، عروس جميلة تترصدها عيون الشباب.

صمت وقد فهم مغزى حديثها غير معترف به لتوضح:

_ بكر، هناك شاب زميل لابنتك يريد مقابلتك.

عبس وجهه بضيق نبع من غيرته:

_ولماذا يريد مقابلتي؟

رمقته باهتمام مدركة مدى تعلقه بسيلا ونفوره من فكرة زواجها وتركه، لتهتف كاشفة غرضها بوضوح:

_يريد خطبتها منك.

اعترض مستنكراً:

يخطب منْ؟ سيلا لاتزال صغيرة.

غمغمت بهدوء:

_ سيلا سوف تتخرج من الجامعة بعد بضعة أشهر، لم تعد صغيرة بكر، والشاب يُحبها ويريد الزواج منها، وابنتك هي الأخرى تميل له، قابله ربما ينال إعجابك ورضاك.

_ وربما لا يُعجبني، لا أحد يستحق ابنتي.

قالت بسخط فاضت به:

_بكر، هل تريد البنت أن تظل جانبك بقية العمر وتضيع عليها كل الفرص؟ لو كنت تحبها لا تفعل هذا.

وواصلت لأقناعه:

_ ويكون في علمك، كرم زوجي تقصى عن أصل الشاب، الولد ما شاء الله عائلة محترمة وسيرة مثل الذهب، ومناسب ماديًا ولديه شقة في التجمع، وغير كل هذا هو وسيلا يريدان بعضهما، بالله عليك أخي لا تكن عثرة بطريق سعادتها.

تجهم وجهه لتشفق عليه وتحدثه برفق:

بكر، أعلم مقدار تعلقك بسيلا وكم تخاف عليها، لكن لا تظلمها بدافع هذا الحب أخي، دعها تعيش حياتها مثل أقرانها، أم أنك لا تريد رؤية أحفادك يتقافزون حولك ولازلت بصحتك؟

غمره حنين لما تقوله لتتجسد له مخاوفه فيقول:

_ أخاف عليها سوسن، أخاف فقدها.

_ لماذا حبيبي؟

باح بخبيئة نفسه التي تؤرقه:

أخاف حين تتزوج وتنجب يكون مصيرها مثل سلسبيل وأخسرها، أخاف عليها من الوجع.

تفاجأت من مسار أفكاره التي كشفها لها للمرة الأولى لتربت علي كفه داعمة:

_ أستغفر الله أخي ولا تجعل الشيطان يبثك أفكاره الخبيثة، ما صار لوالدتها كان قدرها ونصيبها من الدنيا.

لتستطرد تزرع بنفسه الأمل:

_ أطرد مخاوفك من عقلك وسلم أمرك لله، صدقني في يوم من الأيام سوف تفرح بها وتحمل صغارها وترعاهم وتحبهم كما أحببت سيلا، لا تحرم نفسك من هذه النعمة.

تنهد وداخله يتمني أن يتحقق ما قالته شقيقته، وألا يفجعه القدر مرة أخرى بمن يحب، فلم يعد قلبه بحتمل جُرحا أخر.

***

جلس ثلاثتهم بيوم ذكرى وفاتها المزعوم أمام قبرها يتناوبون على قراءة المصحف وختمه على روحها، ليراقبهم بكر يتأمل تلك المفارقة القدرية العجيبة التي جعلت من تاريخ موتها الزائف الذي أخترعه حقيقة..فاليوم أرسلت له إدارة السجن خبرًا بوفاة حنان منتحرة بعد محاولات عديدة أخفقت بها سابقًا، لقد اختارت أن تختم حياتها كافرة لتكون خسارتها الكبرى، اليوم سوف يستلم جثمانها ويقوم بمراسم دفنها وحده، القبر الذي تركه فارغًا معلقًا عليه لافتة بأسمها سوف يضم رُفاتها أخيرًا.

_ رحمة الله عليكِ ماما حنان

_ اللهم أغفر لأمي وارحمها

_ كم اشتقتُك أمي، أسكنك الله بالفردوس الأعلى.

همسات سيلا ومحمود ومروان فطرت قلب بكر، ليتهم يعلموا أنها لا تستحق دعواتهم هذه، ليته يستطع كشف حقيقتها لهم لكنه لن يفعل، فلتبقى لهم ذكراها طيبة لأجلهم وليس لأجلها.

_ آه.

أنين سلسبيل أفزع شقيقاها وبكر الذي صاح بهلع:

_ما بكِ حبيبتي؟

تحسست بطنها المنتفخ تهتف بألم:

ألم رهيب في بطني أبي، ربما ألد اليوم.

دقات قلبه تسارعت بقوة لكنه تماسك ليُسرع شقيقاها محمود ومروان بحملها بحذر يهرولون نحو سيارة أبيهم متوجهين لمستشفى الولادة حيث ينتظرها طبيبها الذي هاتفه بكر لتوه.

مُجهد لقلب رجلًا مثله أن يعاصر نفس الموقف مرتان، نفس أجواء الانتظار اللعين، نفس الخوف والقلق اللذان ينهشانه الأن، هواجسه لم تفارقه منذ زواج سيلا وحملها قبل عام، هل تلقى مصير سلسبيل؟ هل يُحرم منها كما حرمه القدر من والدتها؟

دموعه تسيل بغزارة ليعانقه مروان ومحمود بقوة يشدان من أزر أبيهم يشاركونه القلق على والدتهما الصغيرة كما يسمونها، تلك التي عوضتهما غياب والدتهم الراحلة، بينما يقف زوجها بعيدًا لا يقل عنهم قلق ورعب على زوجته وهو يخوض تجربته الأولى في عالم الأبوة، ليقترب بكر مشفقًا عليه وهو يرى نفسه به:

_ لا تخاف بني، زوجتك سوف تكون بخير.

أومأ له دون أن يجد ردًا، صوته مختنقًا بغصة مخاوفه التي تبدلت لصيحة فرحة والطبيب يغادر غرفة العمليات يخبرهم.

"مبارك، السيدة أنجبت طفلة رائعة"

_ وابنتي كيف حالها؟

بلهفة تسائل بكر ليبتسم الطبيب:

_بخير، ودقائق وتفيق من تأخير المخدر، حينها يمكنكم الاطمئنان عليها.

تحررت دموع أربع رجال.

(أبيها..وزوجها..وشقيقاها)

لتلحق بهم سوسن وكرم يشاركونهم فرحة سلامة سيلا مرسلة لأخيها نظرات أدركها جيدًا، كان مخطئًا بظنونه، مصير سيلا لم يشبه مصير والدتها، لقد نجت صغيرته وأصبحت أمًا، سجد شكرًا لله على بلوغه يوم كهذا، لو مات الأن سيكون راضيًا كل الرضا، مطمئن أن طفلته في أمان مع زوجها وشقيقاها.

أحاطها الجميع تُظلل رؤسهم الفرحة بأميرتهم الصغيرة.

"هل أختارتم أسم الطفلة؟"

تسائل مروان فتبادلت سيلا النظرات مع زوجها ليهتف بدلًا عنها.

_سلسبيل.

ارتفع حاجبي بكر تأثرًا باختيارهما لتخليد أسم زوجته الراحلة، دنى للرضيعه التي تُصدر مواء يخطف القلب يتأملها بحب ودموعه تتلألأ بعيناه، لقد عادت سلسبيل ثانيًا متجسدة بحفيدتها، يكاد يقسم أنها يومًا ما سوف تكون نسخة مصغرة منها، لا يعرف هل يعيش لهذا الحين أم لا، لكن لا يهم، حتى لو وافته المنيّة ستظل روحه معهم ترى كل شيء.

ولن يكون حينها وحده.

سوف تكون مع سلسبيله.

تمت بحمد الله.

شكر وتقدير

اقدم شكر خاص للكاتبة " إيمان فاروق"
لمجهودها في تدقيق الرواية.

وكامل امتناني لأصدقائي ودفعهم المعنوي لي
الكاتبة عائشة حسين
المصممة أمنية محمد
الصديقة شيماء جمال
الكاتبة منال الشباسي

وشكر خاص للأستاذة فاطمة عطية
لجعلها سببًا في أول فرصة نشر ورقي
شكرًا من القلب للجميع.

منى الكاشوري.